SÉRIE DE LA MALÉDICTION DES IMMORTELS

I0626282

Les Lois du Sang

Des Liens Interdits

Cœur de Sang

Les Liens du Sang

Les Liens des Anges

Chercheur de sang

Le poids du sang

Des liens dangereux

Le Roi de Sang

LE POIDS DU SANG

SÉRIE DE LA MALÉDICTION DES IMMORTELS

TRADUIT DE L'ANGLAIS PAR
WELL READ TRANSLATION

AUTEURE À SUCCÈS USA TODAY
LEXI C. FOSS

Le poids du sang

Revu et corrigé par : Outthink Editing, LLC

Relecture et correction par : Katie Schmahl & Jean Bachen

Couverture illustrée par : Covers by Manuela Serra

Photography: CJC Photography

Models: Keith Manecke II & Kristen Alyss

Publié par : Ninja Newt Publishing, LLC

Édition numérique

eBook ISBN : 978-1-68530-167-5

Paperback: 978-1-68530-168-2

Traduction : Well-Read Translations

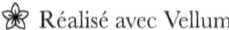 Réalisé avec Vellum

Le Poids du Sang

Série de la Malédiction des Immortels

Livre Sept

Le Poids
du Sang

Bienvenue dans l'univers de La malédiction des immortels *où les anges et les vampires existent en secret... pour le moment.*

Gabriel est un guerrier. Un Séraphin. Un immortel au pouvoir et à l'autorité astucieux. Il a passé sa vie sous un voile de stoïcisme et de pragmatisme, pour finalement voir son existence entière bouleversée à cause *d'elle*.

Clara.

La sorcière qui l'a envoûté avec son empathie, un talent vampirique qui fait des ravages sur sa capacité à se concentrer.

Il est déterminé à réparer le mal, même s'il doit la tuer pour rétablir son équilibre psychique.

Cependant, toutes les batailles ne se gagnent pas physiquement.
Certaines exigent du cœur.

Clara n'est pas une adversaire ordinaire.

Et elle est sur le point de mettre Gabriel à genoux.

Note de l'auteur : Cette nouvelle appartient à l'univers de *La malédiction des immortels* et peut être appréciée comme un complément à la série. Commencez le voyage aujourd'hui avec *Les lois du sang*.

LA MALÉDICTION DES IMMORTELS
LEXIQUE

ÊTRES SURNATURELS

Novice (nom) : L'enfant d'un homme ichorien et d'une femme humaine, qui n'a pas encore été ressuscité en Hydraien. En général, ils ne possèdent aucun don psychique ou surnaturel jusqu'à leur résurrection en tant qu'immortels.

Hydraien (nom) : L'enfant immortel d'un homme ichorien et d'une femme humaine qui possède deux dons surnaturels ou psychiques et qui n'a pas besoin de sang humain pour survivre.

Ichorien (nom) : Un être immortel d'ascendance inconnue, qui possède un don psychique ou surnaturel et qui doit boire du sang humain pour survivre.

Immortel (nom) : Terme général pour désigner un être qui ne vieillit pas et qui est immunisé contre les causes de décès naturelles.

Progéniture (nom) : Terme que les Ichoriens utilisent pour désigner ceux qu'ils ont créés par leur processus de transformation.

Séraphin (nom) : Un être qui appartient aux plus hauts échelons de la hiérarchie des anges.

LA MALÉDICTION DES IMMORTELS
LEXIQUE

MOTS-CLÉS

Arcadia : Club ichorien renommé situé à New York, qui sert aussi de lieu de rassemblement principal au gouvernement ichorien.

Lois du sang : Une série de décrets émis par le gouvernement ichorien en réaction au Traité de 1747.

Fondation humanitaire pour les catastrophes (FHC) : Une organisation d'aide humanitaire mondiale dont le siège social est situé à New York et qui possède une unité paramilitaire secrète conçue pour exterminer les êtres surnaturels hors-la-loi.

Conclave : Le gouvernement ichorien.

Édit : Loi ou règle émise par le Conseil supérieur des Séraphins.

Anciens : Les premiers Hydraiens, qui forment également le gouvernement hydraien.

Lignée du Destin : Les Séraphins qui peuvent prédire l'avenir.

Conseil supérieur des Séraphins : Le gouvernement des Séraphins.

Nizares : Assassins ichoriens expérimentés qui chassent et tuent les novices.

Poison nizarin : Substance verte connue pour tuer les novices et empêcher leur résurrection.

Sentinelle : Soldat de l'unité de la FHC conçue pour supprimer les êtres immortels hors-la-loi.

Traité de 1747 : Armistice signé entre les Hydraiens et les Ichoriens mettant fin aux combats et délimitant les lieux de vie des deux lignées. Ceux qui choisissent de franchir les frontières le font à leurs dépens.

Psst... Je peux vous révéler un secret ?

Chercheur de sang était censé concerner Gabriel et Clara. Mais Sethios a exigé plus d'espace sur la page et ma muse s'est trouvée impuissante à l'en empêcher. J'écoute toujours les voix. Et en l'occurrence, il n'avait pas tort.

Cependant, je n'ai pas du tout été surprise de constater que Gabriel ne cessait d'apparaître tout au long de *Chercheur de sang*. Ça ne m'a pas choquée non plus quand il a dit : « On va continuer mon histoire et explorer ce qui s'est passé dans cette cellule d'Hydria, n'est-ce pas ? »

C'est un univers incroyablement vaste dans mon esprit. Je ne peux même pas dire combien de possibilités j'envisage, juste pour voir où cela mène les personnages. Cela m'accompagne depuis plus de dix ans et je me sens chez moi avec ces voix.

Alors j'ai pensé : pourquoi ne pas créer un univers de *La malédiction des immortels* pour y décrire certains de ces événements ? Ce ne sont pas exactement des moments clés qui font avancer l'intrigue, mais ce sont des scènes importantes pour le développement du personnage que je souhaite vraiment partager. Elles ne s'intègrent pas dans les séquences principales.

Comme celle où Ezekiel rencontre Skye.

Ou ce qui se passe entre Gabriel et Clara quand il va lui rendre visite à Hydria.

Le poids du sang explore ce dernier épisode. Il s'insère entre la fin de *Chercheur de sang* et le début des *Liens dangereux* et fait en quelque sorte la liaison entre les deux. L'accent est entièrement mis sur Gabriel et Clara, ce qui en fait un sujet très axé sur les personnages.

C'est une petite nouvelle sexy.

Vous y découvrirez Gabriel sous une facette très différente et en apprendrez davantage sur Clara.

Et cela prépare *Des liens dangereux*.

En tout point en faveur du *Poids du sang*.
En tout point amusant.
En tout point approuvé par Gabriel (enfin, en grande partie en tout cas). ;)

INTRODUCTION

DE GABRIEL

Ma sœur fait ça mieux que moi. Donc, si vous n'avez pas encore lu son histoire, peut-être devriez-vous commencer par là. Je crois qu'elle a appelé ça les *Lois du sang*, d'après les conneries politiques ichoriennes créées par Osiris sur le modèle du Conseil supérieur des Séraphins.

Et si vous n'avez pas encore approché cet univers, vous n'avez aucune idée de ce que tout ça signifie.

Bon, alors, permettez-moi de vous résumer tout cela.

Les Ichoriens sont des vampires. Ils s'en défendront, mais ils ont besoin de sang humain pour survivre. Par conséquent, ce sont des vampires.

Osiris est l'un des anciens Séraphins (autrement connus sous le nom d'anges). Il a été exilé du monde séraphique pour des raisons qui sont actuellement remises en question. Il a répondu à son bannissement en créant une armée d'humains ressuscités qui sont désormais immortels. Ces êtres sont les Ichoriens dont j'ai parlé plus haut.

Il y a aussi les Hydraiens qui sont créés quand un homme ichorien féconde une femme humaine. Techniquement, leur progéniture est mortelle, mais lorsqu'elle est tuée, l'être se réveille immortel et doté d'un double talent.

Tout est une question de lignée, de pouvoir et d'une myriade d'autres détails.

Bref, voici mon histoire en quelques mots. Je suis un guerrier séraphin. Ça signifie que j'excelle à élaborer des stratégies et à tuer. Cependant, ma principale occupation, ces derniers temps, consistait à veiller à la sécurité de ma demi-sœur, Stas, et de la préparer pour l'avenir.

Des trucs assez classiques, sauf que Stas est absolument ingrate et me déteste. Ça n'a aucune raison pratique et ça nuit à la mission en cours.

J'ai fait au mieux compte tenu des destinées qui nous ont été attribuées. Quand Stas aura fini de développer ses ailes, elle comprendra.

Ou peut-être pas.

C'est la raison pour laquelle elle a été élevée par des humains : lui donner une leçon d'humanité.

C'est une chose qui manque à notre espèce, les Séraphins.

Nous sommes pragmatiques. Nous considérons les émotions comme une perte de temps. Et nous prenons des décisions en fonction des Devins, des anges qui peuvent voir l'avenir. C'est comme ça que j'ai été créé, tout comme Stas.

Toutefois, dernièrement, les événements suggèrent que les Devins n'ont pas fourni d'informations désintéressées au Conseil supérieur des Séraphins. En fait, il semble même qu'ils souhaitent voir ledit Conseil renversé.

Tout ça est encore subjectif, juste une idée en l'air.

Mais une prophétie affirme que Stas deviendra une force puissante comme ce monde n'en a jamais vu et qu'elle « nous détruira tous ». Les Séraphins ont supposé que ça visait Osiris et ses abominations. Mais depuis peu, il semble que la prophétie s'applique à tous les anges.

C'est déroutant, je sais.

C'est pourquoi je vous conseille de commencer par le début.

Mais bon, si vous êtes ici et que vous voulez connaître ma petite aventure, alors n'hésitez pas à tourner la page. J'ai une Ichorienne à traquer. J'ai en quelque sorte emprunté son don d'empathie afin de tester mon degré d'humanité et ça ne s'est pas fini comme prévu. Je vais donc lui demander de réparer ça. Si ça ne marche pas, je tuerai la source de mes problèmes : *Clara*.

Un dernier mot d'avertissement avant de commencer : je suis actuellement sur Hydria, une île farcie de ces Hydraiens dont j'ai parlé plus haut. Ils ressemblent aux Ichoriens, mais ne boivent pas de sang. Ils ont également un double pouvoir et sont extrêmement émotifs.

Je vais faire de mon mieux pour éviter de parler à la plupart d'entre eux.

L'histoire sera plus efficace ainsi.

Bien, alors. Endossez vos plumes et volez avec moi. Je m'attends à ce que ça devienne sanglant par ici.

PROLOGUE : CLARA

Innocent jusqu'à preuve du contraire.

N'est-ce pas ce qu'on dit ?

Ça ne semble pourtant pas s'appliquer à moi. C'est vrai, j'ai confessé mes supposés péchés à voix haute, mais c'était sous la contrainte d'Osiris. J'étais persuadée qu'ils ne me croiraient pas, qu'ils mettraient au moins en doute mon présumé changement d'allégeance. Sauf que ça ne s'est pas du tout passé comme ça. Ils m'ont jetée dans cette cellule pour m'y torturer et me soutirer des informations que je n'ai pas.

Je frissonne. J'ai froid, si froid. Et je suis seule.

Ça fait mal.

La trahison, la douleur face à la facilité de leur acceptation, la prise de conscience que ceux que je croyais être ma famille ne me voyaient pas du tout comme ça.

Je me recroqueville un peu plus pour essayer de

disparaître. Mon esprit propage le dégoût de moi-même comme un mantra, répétant les mots qu'Osiris a placés là pour que tous entendent.

Balthazar semble s'interroger sur la répétition de mes pensées. J'aimerais qu'il puisse entendre celles que je hurle au plus profond de moi-même, les suppliant de m'*écouter*. Mais ils semblent ne considérer que les pensées superficielles, toutes fausses, ces paroles qui me désignent comme coupable, prétendant que je les ai tous trahis, que j'ai fait ça parce qu'Issac ne voulait pas de moi, alors que j'ai été créée pour lui.

Est-ce qu'il le croit aussi ? Est-ce qu'il pense vraiment que c'est ce que je ressens, après tout ce qu'on a traversé ?

Nous n'avons jamais voulu l'un de l'autre.

Il sait ça mieux que quiconque.

Je veux demander à lui parler, mais je ne peux pas. Je suis enfermée dans une cellule sans issue, figée dans un coin sous une vague de souffrance que personne d'autre que moi ne peut ressentir.

Le temps passe.

Les questions pleuvent.

Toujours les mêmes. Toujours la colère. Je n'ai jamais vu Luc me regarder de cette façon, comme s'il voulait me tuer. Je suis terrifiée. J'ai envie de pleurer. Je ne peux pas.

Ils repartent une fois de plus.

Je me recroqueville sur moi-même avec l'envie de crier, mais aucun son ne franchit mes lèvres. Je suis une marionnette contrôlée par des ficelles que je ne vois pas. Cependant, je les ressens. Enveloppées autour de mon esprit, elles dictent mes actes, remuent mes lèvres et ma langue, parlent pour moi.

Ma gorge souffre de la soif.

Ça fait trop longtemps que je n'ai pas absorbé de sang, mais ils me gardent affaiblie, pour me punir d'un crime que je n'ai pas commis.

J'attends que quelqu'un s'interroge sur le bien-fondé de cette situation, qu'il se demande pourquoi j'aurais fait une telle chose, qu'il déclare que quelque chose ne va pas.

Mais ce moment n'arrive jamais.

Je les entends maintenant dans le couloir : le ton irrité de Luc et celui, apaisant, de B.

Mon cœur se brise un peu plus, puis s'arrête complètement lorsqu'un homme aux cheveux blancs et blonds se matérialise dans ma cellule comme une sorte de dieu.

Non, pas un dieu, un Séraphin.

Je ne vois pas ses ailes, mais sa silhouette est éthérée. Ou peut-être que c'est mon tremblement. Bon sang, je ne peux même pas dire s'il est réel. Peut-être que je commence à délirer à cause de la privation de sang.

Un rire menace de s'échapper de ma poitrine, mais la contrainte l'anéantit et me laisse plutôt tremblante. Je remue un peu, pour essayer de déloger la douleur.

D'avant en arrière.

D'avant en arrière.

D'avant en arrière.

Ça va un peu mieux. Oh, il est maintenant à côté de moi et il dégage une telle chaleur !

— J'ai besoin d'un échantillon de ton sang, dit-il d'une voix profonde, douce et juste un peu bourrue.

Je l'aime bien.

Jusqu'à ce que je comprenne ce qu'il a dit.

Du sang ?

Mais la contrainte refuse de me laisser parler, les mots restent coincés dans mon cerveau alors qu'il brandit un couteau vers mon bras. Je veux tressaillir, réagir, mais je ne peux pas. Le sort d'Osiris me retient captive, m'obligeant à subir le tourment de sa lame et de l'entaille sur mon avant-bras. Je ne peux même pas le regarder faire, mon attention se porte sur un point quelconque de la pièce et mon esprit se rebelle contre le besoin de protester de mon corps.

C'est la souffrance incarnée. Elle me détruit de l'intérieur alors que je lutte contre un filet invisible qui me retient en otage des caprices d'une autre personne.

Les larmes me chatouillent les yeux, mais refusent de couler.

À l'intérieur, je suis en train de mourir, broyée. Je n'arrive pas à me concentrer, à respirer ou à faire quoi que ce soit d'autre que me *balancer*.

Je déteste ça.

Je les déteste tous.

Je déteste Osiris.

Je me déteste.

Comment ai-je atterri dans cet enfer ? Pourquoi moi ? Je ne me rappelle même pas comment c'est arrivé, mais je reconnais ce pouvoir. Je sais à qui il appartient. La seule chose que je ne sais pas, c'est depuis combien de temps il se trouve dans mon esprit.

Je suis innocente ! crié-je encore sans que personne ne m'entende. *Aidez-moi !*

La chaleur couvre mon flanc alors que l'homme au couteau tombe à genoux. Il tremble violemment, libérant toute la douleur que je garde enfouie en moi.

Mon cœur bat un peu plus doucement grâce à ce répit, son agonie reflétant la mienne, ses joues baignées par les larmes que je ne peux verser.

Douce félicité !

Mais rien de tout cela n'est réel.

C'est une étrange invention du destin qui tourne, retourne et enfonce la lame plus profondément dans mon cœur.

Je veux pleurer comme lui. Je veux trembler comme lui. Pourtant, je reste enfermée dans cette cage de perpétuelle angoisse, de silence et de solitude.

Ses yeux vert clair croisent les miens. Ma tristesse se reflète dans ses magnifiques iris. Je brûle de lui ressembler, d'être capable d'exprimer mes propres émotions.

Il rétrécit son regard, puis secoue la tête alors que des voix se répandent dans la pièce autour de nous. Je les ignore et me concentre sur le bel homme qui se tord à mes côtés. Je prétends être lui et l'utilise comme exutoire de la tourmente qui menace de me déchirer.

Mais mon attention est détournée par la rage des Anciens, plus particulièrement celle de Luc.

Il veut me tuer.

Je ressens sa haine.

C'est un masque qu'il porte pour dissimuler son propre chagrin, un moyen d'assimiler la perte douloureuse que, croit-il, j'ai contribué à causer.

Ça ne sert à rien de vouloir le détromper.

Il ne me croira jamais.

Mes épaules tombent, mes entrailles vocifèrent une fois de plus. Pour eux tous, pour moi-même, pour cette horrible réalité, je suis perdue.

— Aidez-la, dit l'ange de cette voix rauque. *Putain !* Faites que ça s'arrête !

Je le regarde en clignant des yeux. Est-il empathe comme moi ? Peut-il sentir la vérité ?

Cette idée rend ma poitrine douloureuse, ma respiration s'accélère un peu avant que cette contrainte menaçante ne pèse à nouveau sur moi.

Non ! Je veux ressentir cet espoir ! Rêver !
Un si bel homme. Mon sauveur.

S'il te plaît, ressens ce que je ressens. Prends-en conscience.

Il semble en colère, le trouble faisant tourbillonner ses iris verts.

— Elle souffre.

Ses grandes mains se recroquevillent en poings, le mouvement tordant ses bras musclés.

— Remédiez... à ça...

Trois mots prononcés en serrant les dents.

Trois mots dont je me souviendrai toujours.

Trois mots qui promettent de tout changer.

Parce que je sens que les autres dans la pièce sont en train de réfléchir, la confusion qui se dégage de Balthazar est une indication qu'il va peut-être écouter cet ange puissant.

Mon ange gardien.

Il me regarde une dernière fois, puis disparaît de la pièce, confirmant ainsi qu'il est séraphin.

Et je me retrouve avec mes geôliers et un Ichorien terrifiant.

Oh, peut-être avais-je tort. Peut-être vais-je mourir après tout.

Ce dernier m'étudie d'une manière qui me met mal à l'aise, ses yeux verts sont de la même couleur que ceux de son père.

C'est Sethios, le fils d'Osiris.

Connu pour son sadisme, sa cruauté, ses méthodes perverses.

C'est aussi le père de Stas.

Stas... qui est morte sur la plage.

Alors, c'est ça. Ils l'ont amené ici pour me porter le coup de grâce.

Peut-être l'ange reviendra-t-il pour me guider dans l'au-delà.

Peut-être n'a-t-il jamais existé.

Je ferme les yeux, attendant mon sort, pour les écarquiller lorsque je sens les filaments se détacher de mon esprit et de mon corps.

Il défait la contrainte.

— Astasiya a-t-elle vu Clara depuis qu'elle est en détention ? demande-t-il.

— Non, pourquoi ? répond Lucian.

— Parce que je pense que mon père lui a laissé un cadeau qu'on va devoir défaire, dit Sethios alors que la pression relâche mon esprit.

Il sait ce qu'Osiris m'a fait, réalisé-je. Mon cœur bat si vite qu'il menace d'éclater. *Il le sait... parce que l'ange a perçu mes émotions. Il m'a sauvée, mon ange gardien, mon doux ange... l'empathe qui m'a libérée... moi.*

C'est salvateur et gratifiant, au point que l'agonie en moi peut enfin s'exprimer par la voix.

Ce qui me fait crier.

Et crier.

Et crier.

Des mots que je n'avais pas l'intention de prononcer passent mes lèvres, des menaces que je pensais sans pouvoir les exprimer, des propos sur la famille, la trahison – tout ça jaillit de moi dans un rugissement. Mon poing rencontre la mâchoire de Balthazar lorsqu'il tente de me toucher, mon esprit trop pris par l'horreur pour se concentrer sur le présent.

La seule chose qui reste positive en moi, c'est ce lien avec l'ange. L'homme qui a éprouvé mes émotions, qui a exigé qu'ils remédient à ça.

J'aimerais seulement connaître son nom.

Un jour, je le retrouverai et le remercierai.

Mon sauveur au regard vert clair.

Mon ange.

GABRIEL

La sœur de Gabriel était prête à se volatiliser pour tomber dans un piège tendu par l'un des plus dangereux Séraphins de tous les temps.

Leela aidait une abomination créée en laboratoire à donner naissance à un enfant.

Ezekiel protégeait une prophétesse.

Vera était on ne sait où.

Et Gabriel flottait au-dessus de la plage, devant le bungalow servant de prison à Hydria.

Pour la millionième fois, il passa en revue les priorités dans sa tête et se demanda pourquoi il avait choisi d'être ici plutôt que dans les endroits qu'il venait d'énumérer. Sa sœur pouvait avoir besoin de renforts et Leela d'un coup de main. Pourtant, Gabriel choisissait son propre destin plutôt que le leur.

Après des décennies à toujours faire passer les autres avant lui, il était un peu étrange de prendre un moment pour satisfaire sa curiosité. Mais il fallait que la sorcière enfermée dans ce bungalow le soigne.

C'était elle l'empathe qui avait déclenché ses émotions. Maintenant, elle devait l'aider à les inhiber. Sinon, il la tuerait. Parce que Gabriel n'avait pas le temps pour ces absurdités de sensations. Il fallait que ça cesse. Tout de suite.

Techniquement, c'était son idée d'absorber son don. Ce n'était pas la première fois qu'il utilisait ses aptitudes de Séraphin pour le faire. Tout ce dont il avait besoin, c'était une goutte du sang de l'être en question pour hériter de n'importe quel talent qu'il ou elle possédait.

Cependant, l'aptitude de cette enchanteresse le hantait. Encore maintenant, il était tenté d'admirer le ciel étoilé et de soupirer.

Ouais, de *soupirer*, bordel !

Ce qui fit retomber le coin de ses lèvres sous l'effet de l'agacement, chose qu'elles n'avaient jamais faite auparavant.

Il se débarrassa de cette sensation et s'obligea à reprendre une expression stoïque. Il ne servait à rien d'aborder ça d'un point de vue émotionnel. Il exigerait que la femme le soigne, puis passerait à sa prochaine tâche.

Ou peut-être qu'il ferait une sieste.

Il ne dormait pas beaucoup ces jours-ci et il pouvait sentir l'épuisement peser sur lui.

Oui, une sieste, ce serait sympa.

Sympa ?

Ce sentiment ridicule le fit grogner et il se volatilisa vers le bungalow de la plage, déterminé à mettre fin à cette absurdité d'émotions.

La cellule de Clara était à l'arrière, au-delà des deux gardes en faction dans le couloir. Gabriel ne s'arrêta pas pour demander la permission et passa devant eux dans son état éthéré. En tant qu'hydraiens, ils ne pouvaient pas le voir. C'était l'un des nombreux avantages d'être séraphin. Son absence d'émotions en était généralement un autre.

Il faillit se renfrogner à nouveau, mais réussit à corriger le mouvement de ses traits alors qu'il franchissait la porte de la pièce aux murs blancs.

Un souvenir antérieur l'assaillit : celui de la pauvre femme blonde blottie dans un coin, se balançant d'un côté à l'autre sur un rythme qu'elle seule pouvait entendre.

À cet instant, elle n'était plus assise là.

Il se matérialisa dans son état corporel et pivota sur le sol en béton en direction de la douche. Elle était dedans et le regardait bouche bée.

Nue.

Merde !

Pourquoi ça n'arrêtait pas de lui arriver ? D'abord, sa mère qui avait décidé de voler sans vêtements et maintenant cette femme qui se tenait trempée sous le jet de la douche.

Cependant, contrairement à la première, cette vision-ci l'intriguait quelque peu.

Non ! Non, ça ne m'intrigue pas du tout, se corrigea-t-il. *Les plaisirs de la chair appartiennent aux mortels.*

Il avait essayé le sexe quelques fois et ne comprenait pas pourquoi on en faisait tout un plat. À part une légère réaction physique de soulagement, ça ne lui avait rien apporté.

Bien sûr, aucune de ces précédentes conquêtes ne ressemblait à Clara, avec sa taille fine, ses longues jambes et sa poitrine supérieure à la moyenne. Il estima que ses seins tiendraient bien dans ses mains.

Non pas qu'il y songeait. Parce que ça n'aurait aucun sens pratique.

Gabriel s'éclaircit la voix.

— J'ai besoin de ton aide pour arranger quelque chose, lui dit-il.

Elle répondit par un couinement, provoquant chez lui un froncement de sourcils. Ce qui le fit se renfrogner. Et grogner, agacé qu'il était par son visage peu coopératif.

— Tu vois ce que tu m'as fait ? demanda-t-il en montrant ses propres mimiques. Je persiste à... *réagir.* J'ai besoin que tu règles ça.

Clara glapit à nouveau, cette fois en ajoutant un saut au son. Le mouvement eut pour effet de faire tomber sa serviette et ses vêtements de leur perchoir précaire sur le rebord en ciment à côté d'elle. Directement sous l'eau qui coulait de la douche.

— Peut-être que la chaise aurait été un meilleur endroit pour ça ? suggéra Gabriel en désignant celle située à un mètre et demi à gauche de la douche ouverte.

Elle aurait aussi besoin d'un rideau de douche et d'un lit convenable. Parce que le matelas à moitié couvert sur le sol semblait bosselé et froid.

Il supposait qu'elle méritait ce sort puisqu'elle avait trahi ses amis et sa famille. Mais il se demandait si c'était vrai. Elle souffrait tellement quand il avait pris son sang. Et pas à cause de son couteau. Cette sorte d'agonie avait été effroyable et profonde. Le souvenir de la sensation lui donna des frissons dans le dos.

Gabriel ne voulait plus jamais revivre une telle expérience.

Cependant, il devait demander :

— Tu vas bien ?

Parce que si elle souffrait encore, alors... eh bien, il devait faire quelque chose.

Pourquoi ? se demanda-t-il. *Pourquoi est-ce que je me sens obligé d'aider cette femme ?*

Bordel, c'était perturbant.

Toute cette histoire.

Il méprisait ces inclinations peu pratiques. Il voulait juste retrouver son équilibre mental !

— Tu es... tu es réel, souffla-t-elle.

Il la regarda en clignant des yeux.

— Euh, oui...

— Et debout dans ma cellule.

Il jeta un coup d'œil à ses pieds, ses lèvres menaçant de refaire cette chose irritante.

— C'est en général comme ça qu'on appelle cette position, donc oui.

Pourquoi lui posait-elle des questions aussi stupides ? Était-elle brisée ? Était-ce la raison pour laquelle il se sentait si étrange à cause de son sang ? L'avait-elle infecté avec ça ?

— P-pourquoi ? demanda-t-elle dans un murmure. Tu es là pour encore me taillader ?

— Je t'ai fait mal ? rétorqua-t-il, se demandant si c'était la cause de sa bizarrerie.

— Non. Tu m'as sauvée. Maintenant, ils connaissent la vérité.

Ses sourcils voulurent se relever, mais il empêcha le mouvement.

— Quelle vérité ?

— Le fait que je ne suis pas la taupe.

Bon, ça, c'était nouveau. Mais c'est vrai qu'il avait été un peu occupé depuis la dernière fois qu'il l'avait vue.

— Si tu n'es pas la taupe, alors pourquoi es-tu encore dans cette cellule ?

— Pour les aider à prendre le coupable, répondit-elle avec une grimace. Je suis coincée ici jusqu'à ce qu'ils découvrent ce qui s'est vraiment passé.

— Mais tu ne les as pas trahis.

— Non.

— Pourtant, tu es toujours punie.

Elle haussa une épaule.

— Dans quel autre endroit m'enverraient-ils ?

Elle baissa les yeux sur sa serviette et ses vêtements trempés, puis blêmit, relevant soudain ses mains pour se couvrir.

— Oh, mon Dieu ! Je suis nue.

— Clairement, répondit-il. Et l'eau coule toujours.

Tant qu'à énoncer des évidences, il se dit qu'il devait mentionner ce détail, puisque la douche gaspillait des ressources qu'elle n'utilisait pas dans le but souhaité.

— Tourne-toi ! l'apostropha-t-elle.

Il jeta un œil par-dessus son épaule.

— Pourquoi ? Il n'y a rien derrière moi.

— Parce que je suis nue !

Cette fois, il laissa ses sourcils se froncer parce qu'il ne pouvait pas s'en empêcher.

— Pourquoi cela m'obligerait-il à me tourner ?

Pour être honnête, il préférait de loin ne pas le faire. Ce qui était un problème qu'il devrait évaluer plus tard, puisqu'il n'était pas censé aimer la regarder dans cet état. Cependant, un joli fard transforma son teint pâle en une délicieuse nuance rouge qui semblait atteindre chaque partie de son corps exposé.

L'embarras, réalisa-t-il. *Parce que je la vois nue.*

Bien.

Elle était née humaine, donc ce genre de situation la dérangeait.

D'où le fait qu'elle voulait qu'il se retourne.

Il soupira et fit ce qu'elle lui demandait, quand une autre idée lui vint à l'esprit.

— C'est tout ce que tu as comme vêtements ?

— Oui, répondit-elle.

Ce seul mot renfermait une émotion qu'il ne pouvait définir. Alors il la dévisagea et vit les larmes scintiller dans ses yeux.

— Tu as encore mal ? demanda-t-il, inquiet qu'elle se remette à se balancer en silence, comme elle l'avait fait lors de leur première rencontre.

Elle coupa l'eau et s'enveloppa dans la serviette trempée, sa lèvre inférieure tremblant.

— Je vais bien.

Elle n'avait pas l'air d'aller si bien que ça. Elle était magnifique, oui. Mais aussi très triste. Elle chassa une larme de son œil et s'éclaircit la voix.

— Pourquoi es-tu ici ?

Les mots sortirent un peu rauques, comme si elle avait dû forcer pour leur faire passer l'émotion coincée dans sa gorge.

— Hmm, je pensais qu'ils t'avaient remise sur pied.

Cependant, elle n'avait pas l'air d'aller mieux que la première fois qu'il l'avait vue. Enfin, à la différence près qu'elle parlait désormais. C'était une amélioration.

Clara se contenta de le regarder et tenta de resserrer la serviette autour d'elle – une serviette qui ne faisait rien d'autre que de laisser couler davantage d'eau sur son corps déjà humide.

Il jeta un coup d'œil à ses vêtements détrempés, puis fit le tour de la cellule à la recherche de tout ce dont elle pourrait se servir. Les draps fins pouvaient faire l'affaire, mais cela lui laisserait un matelas nu sur lequel dormir plus tard.

Quelque chose embêtait Gabriel, comme un moucheron agaçant qui le mettait mal à l'aise. Il ne pouvait pas l'ignorer, malgré son inclination pragmatique à faire abstraction de la situation de cette femme et à poursuivre le but de sa visite.

— Ce logement n'est pas adapté pour ça.

Il leur fallait engager une conversation importante et elle était trop mal en point pour que cela se produise.

Gabriel quitta la cellule en se volatilisant et rejoignit son appartement à New York. C'était celui qu'il gardait secret et où il logeait quand il devait rester près du siège de la Fondation humanitaire pour les catastrophes, mais qu'il ne voulait pas qu'on le trouve. Il avait aussi une autre adresse qu'il avait adoptée comme résidence officielle pour apaiser son ancien patron. Cette dernière n'était plus utile, mais la première répondait à un objectif raisonnable, surtout depuis que sa maison dans le Pacifique Sud avait été compromise.

Il jeta un coup d'œil autour de lui, à la recherche de quelque chose de suspect, et trouva l'endroit intouché et aussi propre qu'il l'avait laissé des semaines plus tôt.

Les plumes rouges dans son dos le propulsèrent

vers la salle de bains où il choisit une serviette blanche moelleuse. Celle-ci serait beaucoup mieux que celle que Clara avait dans sa cellule.

Avec un hochement de tête, il revint et la trouva à nouveau sur le sol, des larmes roulant sur ses joues alors qu'elle sanglotait dans ses vêtements mouillés.

Merde ! En fin de compte, elle était vraiment brisée.

Il soupira, un son qui commençait sérieusement à lui taper sur les nerfs, et lui tendit le tissu en coton.

— Tiens, ça sera...

Elle poussa un cri, encore un son qu'il n'aimait vraiment pas, et couvrit son cœur avec sa main.

— Arrête de faire ça !

Les mots étaient mordants, mais son expression était dépourvue de récrimination. Puis son regard tomba sur la serviette et une nouvelle vague de larmes jaillit.

Il se racla la gorge, décidément mal à l'aise vu la tournure que prenait cette conversation.

— Je...

Ouais, il ne savait pas comment finir cette phrase, alors il lui tendit simplement le tissu sec.

Elle le dévisagea pendant un instant et renifla. Puis elle se remit debout et échangea sa serviette humide contre celle qu'il tenait. Un frisson la parcourut alors qu'elle s'emmitouflait dans le coton pelucheux, et ses pupilles se dilatèrent. C'était une bien plus belle serviette que celle sur le sol, ce qui incita Gabriel à regarder à nouveau ses vêtements trempés près de la douche.

— Tu as besoin d'un meilleur logement, dit-il.

Les prisonniers séraphins étaient au moins détenus dans des conditions aseptisées. Et si ce qu'elle avait dit plus tôt était vrai, alors elle ne devrait même pas être en prison.

— Allons-y.

— On part ? Pour aller où ? demanda-t-elle d'une voix brisée.

— À mon appartement. Je vais te trouver des vêtements secs pour aller avec cette serviette, ensuite on pourra parler.

— Parler de quoi ?

— Des émotions, dit-il sans ambages en lui tendant la main. Se volatiliser est toujours un peu bizarre au début, mais tu t'y habitueras.

— Se volatiliser ?

— Jusqu'à mon appartement, termina-t-il pour elle. Oui.

— Je... je ne comprends pas.

Qu'est-ce qu'elle ne comprenait pas ?

— Je t'emmène à mon appartement à New York pour te donner de nouveaux vêtements et on pourra parler de tes dons d'empathie.

Il prononça les mots lentement, en espérant qu'elle les enregistrerait.

— Et Luc ? Il n'acceptera pas que je parte.

Gabriel eut un léger grognement et sortit son téléphone pour envoyer un message à Ezekiel.

Dis au roi d'Hydria que j'ai emmené Clara. Il pourra la récupérer plus tard.

Il envoya le message et glissa le téléphone dans sa poche.

— C'est réglé, annonça-t-il en lui tendant à nouveau la main. Allons-y.

— Mais je ne connais même pas ton nom, dit-elle. Je veux dire, je pense que je sais qui tu es. Mais... on n'a jamais été vraiment présentés.

Il la regarda en clignant des yeux. *Des formalités ? Maintenant ? Vraiment ?*

— Gabriel, lui dit-il. Guerrier séraphin. Ancienne Sentinelle de la FHC. Demi-frère de Stas. Autre chose ?

— Je pensais bien que c'était toi, répondit-elle doucement. OK. Et tu es sûr que Luc sera d'accord avec ça ?

Sa poche vibra au moment où elle posait la question. Il ne prit pas la peine de vérifier le message, certain qu'Ezekiel le couvrirait.

— Oui. Je te ramènerai dès que nous aurons fini de parler.

Morte ou vive, ajouta-t-il pour lui-même. *Ça dépendra de la façon dont tu te montreras utile.*

— On peut y aller maintenant ?

CLARA

CLARA FIXA DU REGARD LA MAIN ROBUSTE DEVANT elle. Elle avait l'air si accueillante et chaleureuse. En tant qu'empathe, elle avait besoin de toucher quelqu'un. Et cela faisait si longtemps qu'on ne l'avait pas tenue. En fait, Balthazar était l'exception. Il avait essayé de la réconforter après tout ce qui s'était passé, mais elle n'avait pas voulu qu'on la touche alors, ni lui ni un autre.

Mais Gabriel était différent.

Il était son ange.

Celui qui l'avait sauvée.

L'homme qui avait exigé qu'ils *l'aident*.

Et maintenant, il voulait l'emmener dans son appartement à New York. Cela semblait un peu soudain, tout comme son apparition dans sa cellule. Pourtant, elle se surprit à vouloir l'accompagner. Une inclination étrange, étant donné qu'elle était à moitié nue et ne pouvait lire ses émotions.

Mais elle se sentait en sécurité avec lui. Peut-être parce qu'il l'avait déjà sauvée auparavant. Ou peut-être que c'était l'odeur de menthe poivrée dégagée par la serviette douce qu'il lui avait offerte. Cela lui donna une étrange impression de confort qui l'incita à presser sa paume contre la sienne.

Ce contact lui fit l'effet d'un coup de fouet, l'électricité se mit à bourdonner entre eux et enflamma son sang à l'instant où le monde devint flou.

Le mouvement insolite retourna son estomac, ses lèvres s'écartèrent pour laisser échapper un souffle surpris.

Oh !

Elle n'était pas sûre d'aimer cela du tout. C'était différent de la téléportation habituelle avec Jacque. Cela ne paraissait pas... *naturel*. Comme si elle s'immisçait dans un réseau éthéré de pouvoir auquel elle ne devrait pas avoir accès.

Sa prise sur la main de Gabriel se resserra. Elle l'attira plus près d'elle pour passer son bras libre autour de lui et s'accrocher, craignant qu'il ne la perde dans ce dédale de sensations étranges. La main de Gabriel resta dans la sienne, mais il suivit son exemple et lui rendit son étreinte, son bras puissant entourant sa taille alors qu'ils se volatilisaient.

Elle soupira contre lui, se sentant aussitôt en paix malgré l'agitation qui régnait dans ses entrailles. Parce que c'était ce à quoi elle aspirait.

Juste qu'on la tienne. Et l'absence d'émotions de cet homme aidait également. Elle ne pouvait rien ressentir chez lui, ce qui lui procurait une paix qu'elle n'avait jamais connue.

Il lui fallut un moment pour se rendre compte qu'ils étaient arrivés. Cependant, elle ne lâcha pas sa prise, son corps et son esprit ayant besoin de quelques minutes supplémentaires de cette sérénité.

Sans rien dire, sans la repousser, il maintint juste son bras autour d'elle, lui offrant un soutien protecteur qui la préservait de tout et de tous.

Il était son sauveur. Son ange gardien. L'homme qui avait amorcé sa libération des chaînes persuasives qui la retenaient prisonnière depuis bien trop longtemps.

Merci, voulait-elle lui dire. *Merci d'avoir vu la vérité quand personne d'autre ne le pouvait.*

Mais Clara n'aimait pas les mots. Elle préférait les actes. Peut-être à cause de son empathie innée. Elle voyait si souvent à travers les déclarations des gens ct leurs émotions sous-jacentes. Tant de manipulations et de faux commentaires existaient dans ce monde. Mais les actes fournissaient des preuves de multiples façons.

Elle se mit donc sur la pointe des pieds et déposa un baiser sur la joue de Gabriel. Cela comprenait une note d'affection associée à sa gratitude. Seulement, la peau chaude de Gabriel l'incita à s'attarder un peu. Il sentait si bon. Et sa chaleur masculine, oh, elle voulait s'envelopper dedans et ne jamais le lâcher.

Tous ses amants étaient des mortels, car elle avait besoin d'eux pour se nourrir. Si Aidan l'avait souvent invitée dans son nid, elle lui avait rarement accordé ce plaisir. Cela ne lui semblait jamais approprié, puisqu'elle pouvait toujours sentir la présence de son amour pour une autre.

La mère d'Issac et d'Amelia.

Il ne parlait jamais d'elle, pas devant Anya ou Nadia, mais Clara avait su depuis le début qu'il préférait la femme qu'il avait perdue trois siècles plus tôt. Cela ne voulait pas dire qu'il n'aimait pas celles qu'il avait transformées en Ichoriennes – il les aimait vraiment – mais il était encore en deuil. Et cela mettait toujours Clara un peu mal à l'aise lorsqu'elle rejoignait son créateur et son harem dans la chambre.

Elle assouvissait donc son besoin de contact avec des hommes humains de passage, se servant principalement d'eux pour le sang et pour le sexe.

Gabriel était... différent.

Un Séraphin.

Un immortel qui pourrait potentiellement la dominer et non l'inverse.

Clara passait son temps à coacher ses amants sur la façon de la satisfaire, la majorité de ces mortels étant trop inexpérimentés ou trop doux pour assouvir ses besoins.

Ce ne serait pas un problème avec Gabriel.

Ses cuisses se resserrèrent face à cette possibilité.

Puis son esprit la rattrapa et lui rappela qu'il l'avait amenée ici pour parler, pas pour s'adonner aux sensations et au toucher.

Sauf qu'il ne l'avait pas relâchée.

En fait, il la tenait même plutôt fermement, bien qu'il soit un peu raide. Est-ce qu'il respirait au moins ?

Ses lèvres étaient toujours contre sa joue. Elle pouvait sentir sa mâchoire crispée, sa tension palpable. Mais était-ce une bonne ou une mauvaise chose ? Elle ne parvenait pas à lire ses émotions pour pouvoir le dire, alors elle reposa ses pieds sur le sol en bois et se décala juste assez pour vérifier ses yeux vert clair. Seulement, ils étaient masqués par l'indifférence.

Elle déglutit en voyant cela, mal à l'aise face au désintérêt manifeste de l'homme.

— Je... je voulais juste te remercier, dit-elle, essoufflée.

— Pour ? dit-il en l'invitant à poursuivre.

Son sourcil s'était haussé et rabaissé aussitôt. Une réaction étrange, presque comme s'il avait essayé de l'arrêter en cours de route.

— Pour m'avoir sauvée, murmura-t-elle.

— Je ne t'ai pas sauvée. Je t'ai empruntée. Quand nous aurons fini de parler, je te renverrai dans ta cellule.

En disant cela, son bras se raidit dans le bas de son dos, le mouvement contredisant ses paroles.

Cela donnait l'impression qu'il ne voulait pas du tout la renvoyer, mais continuer à la tenir.

Intéressant.

D'après ce qu'Aidan et Luc avaient dit, les Séraphins ne ressentaient rien. C'étaient des êtres stoïques qui préféraient la logique aux émotions. Gabriel semblait lutter avec ce concept. Était-ce la raison pour laquelle il voulait lui parler d'empathie ? Avait-il besoin de comprendre ce qu'il ressentait ?

Elle pouvait lui apprendre ça.

Du moment qu'il acceptait de continuer à la tenir de cette manière. Parce qu'il était incroyable, songea-t-elle avec un soupir. Elle se sentait chez elle. Il était incroyablement chaleureux, masculin, fort, *solide*.

Clara céda à l'envie de se blottir contre sa poitrine, ce qui provoqua un son étranglé de la part de Gabriel. Son bras devint du granit contre le bas de son dos, sa main serrant toujours la sienne. Pas de façon douloureuse. Mais de manière... possessive.

Elle le regarda de nouveau et, cette fois-ci, remarqua le mouvement de ses narines.

— Qu'est-ce que tu fais ? demanda-t-il, la voix tendue.

— J'assouvis mon sens du toucher.

— Pourquoi ?

— Parce que je préfère ça aux paroles.

— Pourquoi ? répéta-t-il.

— Les mots mentent. Pas les actes.

Il la regarda fixement.

— Les actes peuvent contenir des mensonges. Une fois, j'ai dû conduire Stas à la FHC pour un examen qui la ferait souffrir et je le savais. Mais je devais maintenir ma couverture. Ça ne veut pas dire que je cherchais à lui faire du mal. Je savais qu'elle y survivrait puisqu'elle est un Séraphin.

Il ne lui avait pas encore parlé autant jusqu'à présent et elle fut fascinée par le timbre profond de sa voix. Clara était également intriguée par le soupçon de regret dans son regard. Elle se demanda s'il se rendait compte qu'il venait de prononcer cela comme s'il confessait un péché dont il voulait se débarrasser.

— Il est plus facile de détecter la fausseté dans un acte, répondit-elle lentement. On peut toujours dire lesquels manquent de cœur.

Elle soupçonnait que l'événement qu'il venait de décrire aurait d'une certaine manière montré son malaise face à l'acte.

Ou peut-être qu'il l'avait bien caché sous son voile de stoïcisme.

Mais sa décision de continuer à la tenir suggérait qu'il ne contrôlait pas autant ses émotions qu'il le pensait. Il n'avait pas essayé de la repousser ou de la lâcher, mais s'était simplement accroché comme s'il ne voulait pas la laisser partir.

Cela ne la dérangeait pas.

Elle se sentait bien contre lui.

— Le manque de cœur est lié aux émotions, dit-il après un silence. Cependant, les Séraphins ne ressentent rien. Tout ce qu'ils font est pratique. Pourtant, ces derniers temps, je soupçonne que beaucoup de leurs actes sont fondés sur des mensonges.

— C'est un aveu ou un constat ? se demanda-t-elle à voix haute.

— Je pense que ça pourrait être les deux.

La bouche de Gabriel retomba.

— Tu m'ensorcelles à nouveau.

— Je t'ensorcelle ?

— Oui.

Il l'étudia pendant un long moment, ses yeux vert clair ne laissant rien transparaître.

— Je subis les effets secondaires de ton empathie.

Maintenant, c'était au tour de Clara de froncer les sourcils.

— Que veux-tu dire ?

— Quand j'ai absorbé ton sang, j'ai emprunté ton aptitude. Je voulais que ce ne soit que temporaire, afin de tester le degré de mes émotions avant de rencontrer le Conseil supérieur des Séraphins. Cependant, elle a laissé derrière elle quelques imperfections que j'aimerais voir corrigées.

Clara cligna des yeux en le regardant. Ce jour-là, il avait dit avoir besoin d'un échantillon de son sang, mais personne ne lui avait expliqué pourquoi. Ils avaient tous été trop consumés par la révélation de son innocence. Même elle avait oublié de poser la question. Dans un sens, elle ne s'en était pas vraiment souciée, puisqu'elle avait été libérée en conséquence de ce qu'il avait fait.

Mais là, il lui en donnait la raison.

— C'est quoi le Conseil supérieur des Séraphins ? demanda-t-elle. Et pourquoi avais-tu besoin de tester le degré de tes émotions ?

Ses bras restèrent serrés autour d'elle, mais son visage ne laissa rien paraître.

— Le Conseil supérieur des Séraphins est notre organe gouvernemental. Le moindre signe d'émotion quand on paraît devant eux pourrait entraîner une peine de réformation, ce que je préférerais éviter.

— Oh... murmura-t-elle alors que son esprit traitait l'information.

Tristan lui avait parlé de la vraie nature de Gabriel, mais elle ne l'avait jamais rencontré, ni aucun autre Séraphin. Ils pouvaient apparemment devenir invisibles et se téléporter. Et emprunter des aptitudes en buvant du sang.

Ce n'était pas du tout terrifiant.

— Malheureusement, ton empathie a laissé une empreinte durable, poursuivit-il, inconscient des pensées de Clara. Ce qui me ramène à la raison pour laquelle je me suis volatilisé dans ta cellule : j'ai besoin de ton aide pour faire disparaître les sensations qui persistent dans mon système.

— Euh, peut-être que tu devrais parler à B, suggéra-t-elle. Il sait manipuler les émotions. Je ne peux que les percevoir.

Cela dit, elle ne ressentait rien de la part de Gabriel à cet instant. Mis à part son corps ferme, bien sûr. Mais émotionnellement, il était une page blanche. Quelque chose qu'elle trouvait plutôt apaisant. C'était parfois épuisant d'avoir à subir les émotions des autres mêlées aux siennes.

— Balthazar est occupé avec l'accouchement de Lizzie, répondit Gabriel. Je...

— Elle est en train d'accoucher ? l'interrompit Clara. Déjà ?

Lizzie n'était enceinte que de quelques mois. Peut-être quatre tout au plus.

— Elle va bien ?

— Je suis sûr qu'elle va bien, répondit-il avec une pointe d'impatience. Cependant, moi pas. J'ai donc besoin que tu m'aides.

Elle le considéra un instant et nota la tension autour de ses yeux. Elle n'y était pas quelques secondes avant, mais elle laissait maintenant paraître un léger désespoir que cet homme n'avait pas l'habitude de connaître, soupçonnait-elle.

— Que ressens-tu exactement ?

Peut-être que ce n'était pas du tout lié à ses émotions, mais à quelque chose d'entièrement différent.

—Je... commença-t-il en serrant la mâchoire, sa frustration palpable. *Tout.*

Son front se plissa quand son regard se posa sur elle, puis sur leur étreinte.

— Nous sommes enlacés, dit-il tandis que ses

bras devenaient fragiles autour d'elle. *Je n'enlace jamais personne.*

Il la relâcha comme si elle brûlait et se mit à faire les cent pas.

— Tu m'as envoûté, l'accusa-t-il. Ça ne peut pas continuer. Tu dois régler ça.

Il s'arrêta et se retourna pour lui faire face.

— Dis-moi comment faire.

Sans lui, elle avait froid, la serviette qui la couvrait ne remplaçant pas la chaleur naturelle de son corps à lui. Cependant, il n'était pas là pour la réconforter. Il avait plutôt besoin de son aide. Et comme il l'avait sauvée, elle lui devait bien au moins ça. C'était donc une demande légitime.

Seulement, elle n'avait aucune idée de ce qu'il fallait faire.

— Peux-tu me dire ce que tu ressens ? demanda-t-elle. Peut-être qu'on peut commencer par là et remonter à son origine pour te permettre de... supprimer l'émotion ?

C'était probablement l'un de ces moments où elle ne devrait pas exprimer ses pensées à voix haute, mais plutôt les considérer d'abord. Parce que celle-là sonnait absolument ridicule.

Comment supprime-t-on une émotion ? Ouais, bien joué, Clara, se réprimanda-t-elle.

Gabriel semblait pourtant considérer son idée.

— Tu dis que je dois identifier l'émotion pour la bloquer, dit-il lentement.

— Euh, oui, mais...

— Ce qui veut dire que je dois mieux comprendre les émotions pour savoir ce qu'elles signifient, poursuivit-il sans l'entendre.

Ou peut-être qu'il l'ignorait juste.

— Euh, ça pourrait aider, dit-elle sans vraiment savoir comment terminer sa phrase.

— Parce qu'alors je comprendrais à quoi sont liés les sentiments et je pourrais les supprimer à la source.

Il hocha la tête et se remit à faire les cent pas.

— Oui. Ça pourrait marcher. Mais j'aurais besoin d'en savoir plus sur ce que je ressens pour pouvoir les identifier.

— Je ne perçois rien chez toi, dit-elle doucement. Du coup, je ne sais pas comment t'aider.

— Ton empathie fonctionnera sur moi si je me nourris à nouveau de toi, répondit-il en s'arrêtant une fois de plus devant elle. J'ai encore besoin de boire ton sang. Tu pourras alors m'aider à comprendre ce que je ressens, ce qui me permettra d'en détruire la source.

Une lame parut se matérialiser dans sa main, ce qui la fit bondir en arrière.

— Holà ! Attends...

— Je vais juste entailler ton avant-bras comme je l'ai fait la dernière fois.

Il s'avança vers elle. Mais elle fit un bond de côté et leva la main pour le stopper.

— Gabriel, arrête !

Il s'immobilisa à mi-chemin et baissa le front.

— Je ne comprends pas. C'était ton idée. Est-ce que je l'ai mal comprise ?

Son idée ? Elle lui avait demandé de décrire ses sentiments, pas de lui taillader le bras. C'était lui qui était arrivé à cette conclusion. Bien sûr, le plan avait du mérite, mais bon...

— J'ai besoin d'une minute pour assimiler le... euh... le couteau.

Et à peu près tout le reste, ajouta-t-elle pour elle-même.

Cela faisait beaucoup de choses à accepter. Tout ce qu'elle avait voulu, c'était prendre une douche pour nettoyer la crasse de la cellule. Il était apparu comme un ange de la nuit pour l'emmener à New York. Maintenant, elle se tenait devant lui, juste vêtue d'une serviette, et il voulait lui entailler le bras.

Elle regarda le couteau et déglutit.

— C'est une façon un peu glaciale de boire du sang, chuchota-t-elle, plus pour elle-même que pour lui.

— C'est une façon pratique.

— Vraiment ? rétorqua-t-elle en frissonnant à l'idée de voir sa lame d'acier contre sa peau. La dernière fois, tu n'as pris que quelques gouttes.

— C'est tout ce dont j'ai besoin.

— Donc, plus de sang ne te donnera pas une forte dose de mon pouvoir ?

Elle n'était pas sûre de la façon dont fonctionnait le système d'absorption des Séraphins, mais elle savait que le fait de s'alimenter plus profondément sur un humain assouvissait son besoin ichorien de sang plus longtemps.

Il l'étudia à nouveau, dans un silence contemplatif intimidant mais bienvenu. Elle ne se souvenait pas de la dernière fois où quelqu'un l'avait prise autant au sérieux. Tout le monde la voyait toujours comme une personne douce et gentille, mais on ne la considérait jamais comme une intellectuelle. Principalement parce qu'elle gardait ses pensées pour elle. Balthazar les surprenait régulièrement ; cependant, elle ne le voyait pas souvent et, quand ils se croisaient, elle lui gardait sa confiance.

Elle avait toujours préféré ça.

Mais avec Gabriel, elle aimait bien le fait qu'il fasse attention à elle et qu'il l'écoute.

— Tu as raison, dit-il finalement. Je devrais peut-être en prendre plus. Dois-je t'entailler le poignet ?

Elle écarquilla les yeux.

— Quoi ? Non !

Elle ne s'attendait absolument pas à ce qu'il lui demande cela.

— Pourquoi ne peux-tu pas me mordre, juste comme... en fait, comme un Ichorien le ferait ?

— Mordre est un acte intime.

— Je suis une empathe, rétorqua-t-elle. Tout en moi est intime.

Un nouveau silence.

Il l'examina encore.

Elle déglutit, l'expression intense de Gabriel lui donnant la chair de poule. Ses traits saisissants étaient soulignés par la faible lumière qui entrait par le mur vitré à côté d'eux.

Gabriel était exactement ce à quoi un ange devrait ressembler, avec ses mèches blondes balayées par le vent, dont l'une retombait constamment devant son œil, ses pommettes définies et sa mâchoire ciselée.

Tout dans son visage était symétrique et parfait. C'en était presque inquiétant. Pourtant, cela lui donnait également une beauté à couper le souffle, le plaçant dans la catégorie des hommes que l'on regarderait à deux fois en entrant dans un bar.

Tout comme B et Luc.

Sauf que Gabriel n'avait pas leurs prouesses sexuelles. Il respirait plutôt l'indifférence. Ce qui poussait probablement beaucoup de filles à lui courir après, juste pour essayer de percer sa carapace impénétrable.

— OK, murmura-t-il en glissant le couteau dans la poche de son jean. Où veux-tu que je te morde ?

Elle le regarda, bouche bée.

— Sérieux ?

— Je ne plaisante jamais, répondit-il franchement. Alors oui, *sérieux*. Je n'ai jamais mordu qui que ce soit. Mais si tu préfères ça à la lame, je l'accepte. J'ai besoin que tu m'aides, donc j'espère que ça te rendra consentante.

Des paroles si pragmatiques.

Mais elle vit ses narines remuer quand il dit qu'il n'avait jamais mordu. Il était intrigué par la perspective qu'elle soit sa première fois. Était-il normal pour un Séraphin supposément stoïque de ressentir de la curiosité ?

Elle se racla la gorge.

—Je... euh... je préférerais dans mon cou.

Cela permettrait à Clara de sentir à nouveau son corps contre le sien et d'emprunter un peu plus de cette force. Elle était restée trop longtemps sans toucher quiconque, la laissant froide et démunie.

C'était l'inconvénient de son aptitude : elle passait tellement de temps entourée d'émotions qu'elle ne savait pas comment les gérer quand elles disparaissaient. De plus, elle avait constamment besoin de la chaleur d'un autre, désirant simplement être tenue et enveloppée d'amour.

Gabriel ne lui apporterait pas cela, mais il pourrait au moins lui fournir de la chaleur.

— Cette artère-là me donnera ce dont j'ai besoin, dit-il. Ça me convient.

Son ton sérieux la fit presque sourire, mais il s'avançait déjà vers elle. Il l'attrapa par la hanche, cette fois pour l'empêcher de s'éloigner, et releva son autre main vers ses cheveux pour plonger ses doigts dans ses mèches humides.

Une étreinte très intime.

Son parfum pur envahit les narines de Clara et ravit ses sens.

Puis il pencha la tête vers son cou.

— Je suis désolé si ça fait mal, dit-il d'une voix rauque contre sa peau.

Il planta ses dents dans sa veine, envoyant une secousse de douleur le long de sa colonne vertébrale, suivie d'une extase comme elle n'en avait jamais connu.

Bon sang ! Cet homme était différent de tous ceux qu'elle avait rencontrés.

Aucun préliminaire.

Aucun avertissement.

Il agissait directement.

Elle enfonça ses ongles dans sa chemise, s'accrochant à lui alors que ses genoux menaçaient de céder sous le plaisir que son étreinte suscitait en elle.

Pur.

Chaud.

La félicité.

Oh, mon Dieu, pensa-t-elle en se serrant contre lui. *Il va me faire jouir juste avec sa bouche et on n'est même pas en train de faire quoi que ce soit.*

Ses cuisses se resserrèrent, la chaleur qui s'épanouissait en elle commençait à devenir incontrôlable. Elle envisagea de lui dire d'arrêter, mais la main de Gabriel quitta sa hanche pour passer son bras autour de son dos, l'attirant plus près de lui.

Il lui renvoyait le même intérêt.

Merde. Elle pouvait désormais percevoir ses

émotions tourbillonnant en une tornade intense qui menaçait de les détruire tous les deux si elle n'était pas maîtrisée.

Mais ce maelstrom d'émotions exacerbait les siennes, la poussant tête la première dans la tempête qui s'annonçait, où ils allaient exploser ensemble dans un éventail de sensations qui lui coupèrent le souffle.

Pouvait-il sentir cela ? Ce désir qui les envahissait ? Qui chauffait leur sang ? Qui mouillait ses cuisses ? Qui épaississait sa verge ?

Elle se mit à trembler, ses lèvres laissèrent échapper son nom et son esprit se perdit dans leur excitation croissante.

Je devrais arrêter ça, songea-t-elle. *Je devrais... je devrais m'enfuir. Je... je ne sais pas comment. Oh, oh, c'est bon...* Elle gémit lorsque son membre dur rencontra son bas-ventre, son corps lui procurant le soulagement dont elle avait été privée pendant trop longtemps.

— Gabriel...

Il fut pris d'une secousse contre elle, ses dents quittant sa peau.

— Qu'est-ce que c'est ? demanda-t-il d'une voix rauque. Comment m'as-tu ensorcelé cette fois ?

— De l'attirance, réussit-elle à dire malgré sa langue pâteuse. Une attirance... mutuelle.

Non. C'était loin de la vérité. Elle avait déjà ressenti l'attirance mutuelle auparavant. Là... ça allait bien au-delà. Ils se trouvaient sur un tout nouveau plan d'existence. Il avait hérité de son pouvoir et le lui rendait en faisant monter en puissance les émotions entre eux jusqu'à un dangereux crescendo de *désir*.

Les genoux de Clara lâchèrent alors, mais le bras de Gabriel autour de sa taille la maintint debout et il resserra sa prise dans ses cheveux.

— J'ai déjà baisé avant, dit-il sur un ton accusateur. Mais je n'ai jamais expérimenté *ça*.

Elle n'était pas certaine de comprendre ce qu'il voulait dire, mais acquiesça quand même. Parce qu'elle n'avait jamais connu ça non plus.

— Qu'est-ce que tu es en train de me faire ? demanda-t-il, pressant sa queue contre elle, recherchant la friction.

Elle répondit par un gémissement, le tissu de la serviette devenant trop abrasif contre sa peau.

Il s'écarta pour la regarder, les pupilles écarquillées par la fureur, le désir et toute une horde d'émotions qui ne faisaient qu'accélérer leur tornade.

— Petite sorcière, l'accusa-t-il en posant son regard sur sa bouche. Je... Dis-moi comment arrêter ça.

Elle secoua la tête, incapable d'obtempérer. Parce qu'elle ne savait pas comment. Et qu'elle le *voulait*, tout simplement.

— Embrasse-moi, le supplia-t-elle. Fais quelque chose. N'importe quoi.

Elle n'avait pas joui sous l'effet de sa morsure,

mais elle n'en avait pas été loin. Elle en voulait encore, *tout* ce qu'il serait prêt à lui donner.

— S'il te plaît, Gabriel. S'il te plaît...

Il lui lança un regard noir et, pendant une fraction de seconde, elle sentit sa mort approcher. La détermination de Gabriel était palpable.

Seulement, cette sensation s'envola avec le souffle suivant lorsque sa bouche captura la sienne, transformant la spirale entre eux en un brasier. Sa langue suffisait pour qu'elle se perde entièrement en lui.

Il la possédait.

Absolument et complètement.

Tant qu'il ne cessait pas de la toucher.

GABRIEL

Gabriel ne pouvait s'empêcher d'embrasser Clara.

Il ne pouvait s'empêcher de la caresser.

Il ne pouvait s'empêcher de s'adonner aux sensations qui se répandaient dans son torse.

Merde.

Il n'avait jamais vécu une telle chose. Son corps était si tendu qu'il avait l'impression qu'il allait exploser sans même être en elle. Cela n'avait aucun sens et pourtant, pour la première fois de son existence, il choisit de ne pas chercher de recours pratique.

Au lieu de cela, il s'autorisa à *ressentir...*

Sexy.

Trop sexy... Bordel !

Il arracha la serviette du corps de Clara et avala son glapissement de surprise. Il maintint sa main dans ses cheveux, la retenant contre lui tandis que sa bouche la dévorait.

Le sexe n'avait jamais eu d'intérêt pour lui.

Pourtant, il mourrait s'il y mettait fin maintenant.

Tous les principes et apprentissages passés submergeaient son esprit, tentant de le ramener à un semblant de rationalité. Mais tout ce qu'il pouvait voir, c'était Clara. Ses seins nus pressés contre lui. Sa fine gorge où coulait le sang de la blessure qu'il avait créée. Sa respiration rapide et ses lèvres pulpeuses.

Il l'embrassa à nouveau, plus fort cette fois, la dominant de sa langue et gémissant sous l'effet des sons délicieux qu'elle produisait en retour.

Les décennies de sa vie paraissaient dérisoires face à cette passion, cette sensation, ce violent besoin de baiser.

C'était ce qui lui avait manqué lors de ses rencontres précédentes, ce désir ardent qui le faisait plonger dans une nouvelle réalité existentielle.

Il n'y avait aucune logique ici.

Aucun raisonnement.

Aucun édit.

Seulement du désir.

Il l'enveloppait et consumait chacune de ses pensées et actions. Cela faisait palpiter sa queue. Ses testicules réclamaient ça. Son estomac se nouait à cause de ça.

— Clara...

Il prononça son nom dans un grognement, sa main sur sa hanche se meurtrissant alors qu'il essayait de l'attirer plus près. Mais elle était déjà pressée contre lui, ses ongles s'enfonçant dans sa chemise comme pour le retenir à jamais.

D'un côté, il envisageait la possibilité de se volatiliser dans une autre pièce, ou ailleurs, pour échapper à cette folie. Mais de l'autre, plus puissant, il criait en signe de protestation, se disant qu'il ne survivrait pas sans ça.

Son esprit tournoyait, essayant de faire le tri entre la fiction et la réalité, mais il fut distrait par la bouche de Clara une fois de plus.

Il avait arrêté de l'embrasser quand il avait prononcé son nom.

C'était inacceptable.

Ses lèvres capturèrent les siennes, jurant de ne plus jamais les quitter.

Il relâcha sa chevelure pour s'emparer de ses deux hanches et la soulever contre lui. Les jambes athlétiques de Clara enserrèrent sa taille et elle fit glisser ses mains vers le haut pour saisir ses épaules.

Ce n'était pas suffisant.

Il fallait qu'ils soient tous les deux nus. Qu'il soit en elle. Pour la *baiser*.

Son entrejambe se resserra à l'idée, sa tige incroyablement dure. Il avait toujours dû ordonner à son corps de réagir. Mais pas avec Clara. Pour la première fois de sa vie, c'était son corps qui commandait.

Il les emmena dans sa chambre, sans prendre la peine d'allumer les lumières ou de fermer les stores. Le monde entier pouvait bien les regarder – une idée qui piqua sa curiosité.

Est-ce qu'ils l'envieraient ?

Est-ce qu'ils désireraient la femme enroulée autour de lui comme s'il était sa seule raison d'être ?

Hmm, intrigant. Il aurait à examiner ce point plus tard, après avoir repris un peu ses esprits. Si c'était même possible.

Il l'allongea sur son lit, sa couette moelleuse encadrant la déesse nue dans un océan de noir. Alors qu'elle le regardait, le désir brillait dans ses yeux bleus et sur ses lèvres enflées qui gardaient la preuve de leur baiser.

C'était la plus belle vision qu'il ait jamais vue. C'était encore plus éblouissant que toutes les couleurs du Conseil.

Clara n'avait pas besoin d'ailes pour avoir un corps parfait. Elle était magnifique sans les plumes. Il voulait la vénérer avec sa langue, mordiller chaque parcelle de sa peau crémeuse. Mais il se concentra sur ses seins, sur les pointes rosées qui étaient au garde-à-vous et qui le suppliaient de les embrasser.

Son sang s'échauffa à cette idée et une douleur étrange entre ses jambes lui dicta de commencer par là.

Il fit passer sa chemise par-dessus sa tête et déboutonna son pantalon pour donner un peu d'espace à son excitation palpitante. Puis il ôta ses chaussures et se glissa sur elle, sa bouche effleurant sa chair souple avant de se poser sur son téton érigé.

Clara répondit par un soupir, ses doigts fins se faufilant dans les cheveux de Gabriel pour le retenir contre elle. Il prit cela comme un signe d'approbation et lécha le bout de la pointe jusqu'à ce qu'il soit satisfait avant de planter ses dents dans la courbe de sa poitrine.

Elle cria en retour, le ravissement mêlé à la douleur, et se mit à trembler violemment sous lui.

Un orgasme, réalisa-t-il, le corps tendu par cette pensée.

Il n'avait jamais vu une femme jouir de cette façon.

Bien sûr, ses rencontres précédentes avaient connu le plaisir. Mais Clara ressemblait à une déesse dans les affres de la passion, son expression voilée par le besoin d'en avoir plus.

Il sentit qu'elle mouillait son pantalon alors que ses cuisses enveloppaient ses hanches.

Quel goût a-t-elle ? se demanda-t-il.

Le parfum de l'excitation de Clara était doux dans l'air. Il n'y avait qu'un seul moyen de le savoir.

Il embrassa la morsure sur son sein et s'aventura vers le bas, la léchant et la mordillant en chemin. Elle resserra sa prise dans ses cheveux et son corps se cambra sur le lit alors qu'il s'installait entre ses cuisses.

— Tu as l'air appétissante, murmura-t-il contre sa chair lisse, l'eau à la bouche. Il se peut que je ne m'arrête jamais, Clara.

Elle se mit à vibrer en réponse et un cri s'échappa de ses jolies lèvres lorsqu'il glissa sa langue le long de ses délicats plis. *Bon sang !* Elle avait meilleur goût qu'il ne l'imaginait. Avec son sang encore chaud sur sa langue, il se laissa aller au mélange des saveurs.

Doux.

Acidulé.

Addictif.

— Gabriel...

Le ronronnement soulignant son nom le fit se raidir encore plus dans son jean. Jusqu'à présent, il n'avait jamais réalisé à quel point ce pantalon était serré, la fermeture éclair le comprimant douloureusement. Mais il endura cela un moment de plus pendant lequel il lécha sa chair.

Si bon... Bordel !

Elle eut un frisson, ses jambes se resserrèrent autour de lui, l'encourageant à continuer. Il trouva son clitoris et le prit dans sa bouche, son regard posé sur son visage, observant ses réactions.

Lorsqu'il appliqua plus de pression, la peau de Clara se mit à rougir d'excitation et son désir réchauffa l'air. S'il relâchait sa succion, elle frissonnait, provoquant une légère torture à travers le don d'empathie qu'il avait emprunté.

Fascinant.

Chaque action suscitait une nouvelle réaction qu'il pouvait décrypter aisément parce que son essence était mêlée à celle de Clara.

C'était tellement mieux que la vivacité des couleurs du monde des Séraphins.

Parce qu'il *prenait plaisir* à lui faire ça. L'extase de Clara augmentait la sienne, rendant l'instant plus intense, et l'amenait vers des sommets qu'il n'avait jamais espéré atteindre.

Pourquoi avait-il évité ça toute sa vie ?

Pourquoi les Séraphins choisissaient-ils de ne pas expérimenter un tel phénomène ?

Il s'émerveilla de la complexité de tout cela, du mélange d'électricité qui circulait dans son sang et du maelstrom qui se formait dans son bas-ventre. Le besoin de liberté lui faisait mal à l'aine, son pantalon le gênait et il fut obligé d'enlever son jean.

Il garda son caleçon, le coton lui donnant assez de souplesse pour qu'il puisse continuer à se délecter du goût de Clara. Elle se tortillait sous sa bouche, son corps tendu alors qu'elle était au bord d'un autre orgasme.

Avec ses dents, il s'empara de son bourgeon gonflé et obligea Clara à sombrer à nouveau. Son cri était semblable au chant des sirènes à ses oreilles.

Petite sorcière, pensa-t-il, captivé par le spectacle qui se déroulait devant lui.

Alors qu'elle se tordait, la vague magistrale de son orgasme menaçait d'emporter Gabriel avec elle, même si sa queue était loin de sa douce chaleur. Il lâcha un grognement, son envie d'elle le menant jusqu'à un précipice qui le força à enlever son caleçon et à prendre en main sa tige douloureuse.

Il se sentait violent.

Agité.

Furieux de ne plus se maîtriser.

Et complètement perdu face aux exigences de son corps.

Il avait besoin de se libérer, de jouir, de sentir le fourreau lisse de son humidité sur sa peau.

— Clara...

Il prononça son nom comme une supplique, d'une voix râpeuse qu'il n'avait jamais entendue auparavant. Il ne savait pas comment bouger, comment respirer, comment faire quoi que ce soit d'autre que se masturber avec des mouvements rudes et rapides.

La main de Clara toucha la sienne, d'une douce caresse hypnotique qui le calma.

— Je te veux en moi, Gabriel.

Putain, il désirait ça aussi ! Plus que n'importe quoi d'autre dans sa vie.

Ses obligations, ses serments désertèrent son esprit, tous balayés par la seule intention de prendre cette femme. Il était consumé par tout cela, on le dérobait, on le détruisait et il ressuscitait comme un nouvel homme qui se nourrissait de passion et de sexe.

Il ne se rappelait pas pourquoi ou comment ils en étaient arrivés là et il ne s'en souciait guère. Tout ce qu'il désirait, c'était elle, tout ceci, la satisfaction.

Elle écarta plus ses jambes, son foyer humide devenant une invitation qu'il ne pouvait refuser. Il se caressa à nouveau, la main de Clara toujours sur la sienne, puis s'agenouilla au-dessus d'elle pour se placer entre ses cuisses.

Le paradis embrassa son gland palpitant, l'étreinte accueillante de l'ouverture glissante le reçut d'une seule poussée. Un son étranglé s'échappa de sa gorge, la gratification de s'insinuer en elle lui ôtant toute capacité à penser.

Il existait simplement.

Un être de luxure.

Poussé par des envies immorales et des désirs dépravés.

Un million d'idées lui traversèrent la tête en même temps, toutes plus obscènes les unes que les autres. Il voulait dominer cette femme. La remplir de son essence. Lui faire boire son sang. Marquer son âme. Et recommencer, encore et encore, jusqu'à ce qu'ils deviennent des créatures sans esprit, tellement saturées de sensations qu'elles ne pourraient plus bouger.

Il s'enfonça en elle, provoquant un halètement aigu dans sa bouche.

Encore.

Il poussa plus fort et elle répondit en griffant ses bras.

Oui.

Il posa une main sur sa joue et l'embrassa tandis que son autre main se portait sur sa hanche pour guider leurs mouvements. Elle glissa sa langue dans sa bouche, le provoquant dans une danse intime à laquelle il répondit avec empressement.

Elle gémit.

Il gronda.

Elle cria.

Il lâcha un grognement.

C'était un mélange animal de sons qui l'incitait à continuer, forçant son rythme à s'accélérer jusqu'à devenir quasi brutal. Mais elle l'acceptait sans réserve.

Ils étaient couverts de sueur, ce qui ajoutait à la sauvagerie de leur accouplement. Ils se perdaient entièrement l'un dans l'autre et dans l'empathie persistante entre eux. Gabriel s'en délectait, s'autorisant à ressentir chaque centimètre de sa tige palpitante pendant qu'il éreintait Clara.

La vitalité tambourinait dans ses veines et le faisait trembler vers l'oubli imminent. Il voulait le sentir. Il avait besoin d'expérimenter l'apogée qui l'attendait. Il voulait enfin comprendre ce qu'il avait manqué toute sa vie.

Il le sentait monter, son bas-ventre s'enflammant jusqu'à lui brûler les entrailles.

— Putain, souffla-t-il, sa bouche contre la

sienne, leurs halètements se mêlant pour ne faire qu'un.

Les lèvres de Clara glissèrent de sa joue jusqu'à son oreille.

— Plus vite, exigea-t-elle.

Ces mots attisèrent le feu en lui, le forçant à agir alors qu'elle effleurait son cou avec ses dents. Elle lécha la peau à cet endroit, provoquant un gémissement dans la gorge de Gabriel. Il en voulait encore plus, surtout autour de sa queue.

Non, il voulait sentir ses lèvres partout. Voir sa langue glisser en léchant le long de son abdomen jusqu'à son aine. Puis elle enroulerait ses lèvres autour de lui et le sucerait jusqu'au bout, avalant chaque goutte.

Cette seule pensée le fit presque jouir. Mais une partie de lui voulait qu'elle se joigne à lui, pour partager l'oubli provoqué par leur baise.

Il glissa sa main entre eux, son pouce trouvant son clitoris et appliquant le même genre de pression qu'il avait exercé avec sa langue auparavant. Elle se mit à trembler sous lui, sa respiration se faisant chaude contre sa gorge.

En retour, il embrassa son cou, puis lécha le sang qui restait sur sa peau.

— Gabriel, murmura-t-elle. Je... J'ai *besoin*...

— Tout ce que tu veux, je te le donnerai, lui promit-il, accélérant le rythme et lisant sa réponse à travers sa nouvelle empathie.

Elle était la chaleur personnifiée, son aura

LEXI C. FOSS

embrassant sa peau et tendant ses muscles jusqu'à la douleur. Merde ! Il avait besoin d'exploser, et vite. Il n'arrivait plus à se retenir, le torrent de sensations tourbillonnait en lui et cherchait à se libérer.

Les incisives de Clara transpercèrent sa peau, le projetant au bord de la falaise de l'oubli sans espoir de retour. Il n'avait jamais été mordu auparavant. Il y avait une raison à cela, une raison qu'il ne pouvait identifier sous le flot de sensations qui le noyait dans un océan de ravissement.

Mais il nageait seul et ce n'était pas acceptable. Il refusa de se laisser suffoquer par les sensations sans elle.

Il lui rendit sa morsure afin de la forcer à le rejoindre dans son délire. Une sorte de connexion étrange s'établit alors, les propulsant tous les deux vers les eaux profondes sous la poussée euphorique d'une exquise folie.

Son essence se répandit en elle alors qu'elle comprimait ses parois lisses autour de lui, le vidant de sa vie et de son but tout en unissant son esprit au sien.

Il ne s'était jamais senti aussi proche d'une autre personne.

Si... *lié*.

Gabriel ouvrit soudain les yeux et écarta sa bouche de son cou.

— Merde !

Il tenta de la libérer, de s'extraire de son corps,

mais le mal était déjà fait, comme en témoignait le sang sur les lèvres de Clara.

Le brusque sursaut qui l'avait éloigné d'elle alors qu'elle le mordait avait lacéré sa peau. Cependant, il ne ressentait pas plus la douleur de la morsure qu'il avait interrompue que la réalité de ce qu'ils venaient de faire.

Un lien du sang...

GABRIEL

Un putain de lien du sang !

Les mots rugissaient dans ses pensées, son corps encore secoué par les spasmes de leur union, son esprit perdu dans une cacophonie de sensations qu'il ne pouvait combattre ou ignorer.

Il sentait sa confusion. Sa gratification. Et son besoin d'en avoir plus.

Un besoin auquel il faisait écho ; son envie de la baiser à nouveau prit le pas sur ses sens et le fit palpiter en elle.

C'était une spirale violente. Un mélange dangereux. Un enchantement qu'il ne pouvait combattre.

Aucun de ses entraînements de guerrier ne l'avait préparé à cela.

Elle l'avait charmé avec son sang, l'avait ensorcelé pour l'attirer dans cette folie émotionnelle et l'avait piégé avec une morsure.

Il ne pouvait pas revenir là-dessus.

Il n'avait plus qu'à aller de l'avant.

Parce que la tuer n'était plus une option. Avec son sang en elle, elle commencerait à se transformer en Séraphin. La compagne de son destin.

Il pouvait déjà l'imaginer dans l'avenir : un dos orné de plumes jaune pâle bordées de rouge. Le jaune rivaliserait avec ses cheveux, tandis que la teinte rouge correspondrait à ses ailes à lui, un reflet de leur lien.

L'idée lui donna un frisson, son destin s'était altéré en une seconde.

Et pourtant, sa queue palpitait, le suppliant de baiser, le pressant de procurer à sa *partenaire* la satisfaction dont ils avaient tous deux besoin.

Il n'aimait pas cette femme. Mais il la désirait. Et le sentiment était réciproque.

Parce qu'avec son sang, il garderait son empathie, peut-être indéfiniment.

Merde. Ça n'était pas bon. Pas même un siècle de réformation séraphique ne pourrait désormais le sauver. Lui enlèveraient-ils ses ailes en guise de punition ? Le leur permettrait-il ?

— Gabriel ? chuchota Clara.

Il se rendit alors compte qu'elle s'était complètement immobilisée sous lui. Son excitation persistait comme un parfum, mais n'empêchait plus sa faculté de penser. Il pouvait *l'entendre* et les mots dans son esprit étaient empreints d'inquiétude.

Parce qu'elle pouvait l'entendre aussi. Elle avait

découvert ses pensées sur le fait de la tuer, son intention initiale de l'éliminer si elle s'avérait incapable de régler sa situation. Et plutôt que d'arranger les choses, elle l'avait juste détruit.

Il enfouit son visage dans son cou, incertain de ce qu'il devait faire ensuite.

Et elle répondit en enroulant ses bras délicats autour de lui. Pour le tenir. Lui offrir du réconfort. Un geste que personne n'avait jamais tenté en sa présence jusqu'à maintenant.

Surtout parce qu'ils savaient à quoi s'attendre.

Cependant, Clara était différente.

Elle prétendait préférer les actes aux paroles et le lui démontrait maintenant en continuant à le tenir dans ses bras, même si son esprit à lui se rebellait contre l'étreinte.

Il voulait l'étrangler.

Puis la baiser.

Et l'étrangler à nouveau.

Son corps se mit à trembler sous l'effet de la tourmente, sa nature pragmatique luttant avec sa nouvelle affinité pour les émotions.

Il se sentait perdu. Brisé. Anéanti par le plus insoupçonnable des êtres.

Une femme aux douces boucles blondes et au visage dessiné par les cieux.

Il s'appuya sur ses coudes de part et d'autre de la tête de Clara, la regardant fixement tandis qu'elle gardait ses bras autour de lui.

Aucun mot.

Juste un regard.

La compréhension brillait dans ses jolis yeux bleus. Elle savait qu'ils étaient liés. Mais cela ne semblait pas du tout la troubler.

— Tu m'as ensorcelé, petite sorcière, dit-il d'une voix douce malgré l'accusation.

Elle ajusta son emprise et porta l'une de ses délicates mains vers la joue de Gabriel.

— Tu m'as sauvée, ange gardien.

Cette déclaration était en contradiction totale avec ce qu'il lui avait dit, ce qui l'amena à se demander si elle l'avait entendu. Ou peut-être qu'ils étaient juste en train de se confesser l'un à l'autre.

Cette femme avait mis son monde sens dessus dessous et il la détestait pour ça. Tout en réalisant que c'étaient ses propres actes qui les avaient menés à cette fin.

Il avait pris son sang en premier.

Il s'était volatilisé pour retourner dans sa cellule.

Il avait accepté de la mordre.

Il s'était finalement perdu dans la suite des événements.

Et maintenant, il pouvait lire dans son aura qu'elle n'avait pas réalisé ce que provoquerait le fait de le mordre en retour. Pourtant, elle ne le regrettait pas. Elle avait voulu se nourrir, réapprovisionner son esprit ichorien et elle avait eu plus que sa dose : avec le sang de Gabriel en elle, elle n'aurait plus jamais à boire celui des humains.

Elle se redressa pour l'embrasser, posant ses

lèvres douces contre les siennes. *Ça va aller*, semblait-elle dire. *On va trouver une solution.*

Il était impuissant face à ses agissements, retournant l'étreinte parce que cela lui faisait du bien, non pas parce que cela avait un sens logique.

Elle avait démoli toute son instruction, reprogrammé son esprit, envoûté son âme.

— Comment se fait-il que tu ne sois pas terrifiée ? lui demanda-t-il, sidéré par son acceptation facile. Tu viens de te lier à un guerrier séraphin. Pour l'éternité.

— Il y a de pires destins, chuchota-t-elle.

— Tu n'en sais rien.

— Je le sais, répondit-elle.

— C'est une union sans amour, dit-il. Je ne serai jamais capable de te donner autre chose que du désir.

Elle avait peut-être brisé son emprise sur les émotions, mais il était certain de ne pas pouvoir apprendre à aimer. D'autant plus qu'ils s'étaient enchaînés l'un à l'autre par erreur.

Il était également plus probable qu'elle finisse par le détester plutôt que de l'aimer. Non pas qu'ils aient besoin d'une telle émotion. Ce n'était pas requis par le lien. Mais ni l'un ni l'autre ne pourrait plus jamais se livrer à une autre personne sexuellement.

Ce qui signifie qu'il deviendrait sa bouée de sauvetage pour la réconforter.

Et elle serait la seule capable de lui faire connaître l'extase.

Ce dernier point ne l'inquiétait pas. Il s'en était passé pendant des décennies. Il pourrait sûrement s'abstenir à nouveau.

Seulement, son érection granitique disait le contraire. Parce que même maintenant, malgré la gravité de l'émotion, il avait juste envie de s'introduire en elle et de les faire sombrer tous les deux encore une fois dans l'oubli. Une notion qui manquait tout à fait de sens pratique, mais qu'il continuait à considérer malgré sa raison qui exigeait de lui le contraire.

Elle souleva ses hanches.

— Je vais accepter la luxure.

— Tu dis n'importe quoi.

— Toi aussi, lui répondit-elle en enroulant ses jambes autour de lui et en le bloquant profondément en elle. Je ne veux pas penser, juste ressentir.

Une déclaration qui allait à l'encontre de tout ce qu'il était.

Et qui faisait chanter son âme fracturée.

Parce qu'il pouvait faire exactement ça, ressentir au lieu de penser.

Lié à elle, il pouvait éprouver des émotions et du plaisir et oublier le côté politique de la situation. Juste pour un instant.

Le problème serait encore là dans la matinée à leur réveil.

Il le résoudrait alors.

Oui, il aimait cette nouvelle détermination. Cette capacité à simplement exister sans aucune répercussion. Oh, ils finiraient bien par devoir les affronter. Mais pour l'instant, avec la chaleur de Clara enveloppant son excitation, il préférait se laisser aller aux sensations plutôt que de s'inquiéter du résultat.

Ce qui est fait est fait, pensa-t-il.

Baise-moi, répondit Clara, sur un ton sulfureux qui le força à lui accorder toute son attention.

D'accord, accepta-t-il, se mouvant à l'intérieur d'elle. *Accroche-toi à moi, petite sorcière. Je vais t'apprendre à voler.*

Et c'est ce qu'il fit en se volatilisant avec elle dans le ciel nocturne, pour lui présenter leur nouvelle vie de Séraphins liés.

Elle s'effondra dans les nuages et son essence était une drogue qu'il voulait consommer encore et toujours. Clara lui rendait la pareille en lui faisant découvrir un tout nouvel univers d'insatiabilité.

Ils continuèrent jusqu'au petit matin, ne revenant à son lit que lorsqu'ils furent rassasiés et qu'ils eurent besoin de repos.

Puis il se réveilla avec son membre dans la bouche de Clara et le tourbillon reprit de plus belle, la petite sorcière l'emportant sur son penchant raisonnable.

Cela devint un marathon sexuel.

Elle s'empara des décennies d'insatisfaction de

Gabriel et inversa chaque expérience. Presque comme s'ils rattrapaient le temps perdu.

Il la mémorisa avec sa bouche.

Elle lécha chaque muscle de son corps.

Ils se repurent l'un de l'autre, vivant uniquement de sexe et de plaisir.

Jusqu'à ce qu'il fasse à nouveau nuit.

Il leur imposa finalement une pause : son estomac furieux avait besoin de nourriture, quelque chose qu'il ne se rappelait pas lui être déjà arrivé. Mais ils avaient dépensé tellement d'énergie l'un pour l'autre qu'il avait épuisé toutes ses réserves.

— Je pensais que les Séraphins pouvaient endurer quasiment tout, murmura Clara alors qu'il enfilait un caleçon.

—Je croyais que tu ne savais rien des Séraphins.

— Juste les mythes, ou le fait que vous êtes des êtres impénétrables qui n'existent probablement pas.

Il se mit à ricaner et lui jeta un coup d'œil par-dessus son épaule musclée.

— Est-ce que j'existe, Clara ?

Son regard bleu se mit à danser sur son torse.

— Je pense que oui, mais tu devrais peut-être me toucher à nouveau pour le confirmer.

— Si je fais ça, on va se remettre à baiser. Encore.

— Et ce serait tellement dommage, dit-elle en s'étirant comme une succube contre ses draps.

— Toi aussi, tu as faim, lui rappela-t-il, ressentant le fait qu'elle était affamée.

— De toi.

Les lèvres de Gabriel faillirent tressaillir.

Je suis amusé, réalisa-t-il en secouant la tête. *Pourquoi est-ce amusant ?*

Manger. Il avait besoin de manger. Ensuite, ils pourraient... faire autre chose.

Probablement refaire l'amour.

Il aimait mieux ça plutôt que de songer aux ramifications de la situation.

Fouillant dans son tiroir, il attrapa un caleçon et un tee-shirt pour habiller Clara.

— Je vais nous faire livrer quelque chose, lui dit-il.

Elle accepta les vêtements, mais les posa à côté d'elle sur le lit.

— Je peux cuisiner.

— Je n'ai pas de nourriture, répondit-il.

— Oh. Si tu te fais livrer les ingrédients, je pourrais cuisiner quelque chose ?

Il l'examina.

— Que préparerais-tu ?

— Tout ce que tu veux.

— En général, je mange des protéines et des aliments à base de plantes.

Il ne s'était jamais vraiment adonné aux saveurs. Étant donné tout ce qui s'était produit, il pourrait aussi bien envisager de changer ça maintenant.

— Tu as un plat préféré ?

— J'en ai plusieurs.

— Lequel voudrais-tu préparer ?

Elle se mordit la lèvre en réfléchissant.

— Euh, je peux te faire la surprise ?

Il la regarda en clignant des yeux.

— Pourquoi ?

— Parce que j'en ai envie, répondit-elle en rougissant, donnant à ses joues une jolie teinte rose. S'il te plaît ?

Le regard de Gabriel se posa sur sa bouche.

— Est-ce que tu me suceras encore plus tard ?

Le rose de ses joues se transforma en une profonde nuance de rouge.

— Oui.

Il haussa les épaules.

— Alors tu peux cuisiner ce que tu veux.

Il alla dans son bureau – techniquement une seconde chambre – et trouva une tablette qu'elle pourrait utiliser pour commander en ligne. Il la lui rapporta dans le lit. Ses joues étaient encore colorées.

— Est-ce que ma franchise t'a embarrassée ? se demanda-t-il à voix haute, essayant de déterminer ce que signifiait cette réaction.

Elle lui prit la tablette.

— Pas exactement.

— Alors pourquoi rougis-tu ?

Ses longs cils blonds papillotèrent alors qu'elle le regardait.

— Parce que maintenant je veux te sucer comme hors-d'œuvre.

Sa queue se durcit aussitôt à ces mots, ce qui le

stupéfia et le réduisit au silence. Son corps n'avait *jamais* réagi comme ça. Mais la simple évocation de ses douces lèvres enroulées autour de sa tige le fit gémir d'embarras.

Elle sourit avant de baisser les yeux vers l'écran.

— J'ai besoin que tu la déverrouilles.

Il fit ce qu'elle demandait d'un glissement de doigt, toujours incapable de parler. L'impatience de commettre une douzaine de péchés supplémentaires avec la femme encore nue dans son lit faisait bourdonner tout son corps. Elle avait réveillé en lui une bête qui en voulait plus.

Et plus encore.

Et toujours plus.

Merde !

Il se frotta le visage et sortit de la pièce pour chercher son téléphone. Ce qu'il lui fallait, c'était une distraction pratique, quelque chose qui lui rappellerait le sens de sa vie.

Sauf que le lien qui le tiraillait de l'intérieur pointait vers son *nouveau* but.

Arrête, ordonna-t-il.

Tu ne veux pas que je passe une commande ? répondit Clara dans son esprit, sa voix douce absolument bienvenue dans sa tête.

Je suis dans la merde.

Je ne comprends pas.

Je me parle à moi-même.

Oh...

Elle marqua une pause.

Euh, je dois arrêter de commander ?

Non, continue. Dis-moi si tu as besoin d'une carte pour le paiement.

Il avait toutes les informations enregistrées sur sa tablette, mais il lui faudrait un mot de passe pour pouvoir l'utiliser.

Elle ne répondit pas, mais son contentement rayonnait depuis l'autre pièce. Ou peut-être que c'était à travers leur connexion. Il ne savait plus parce que tout était absolument lié.

Il jura tout bas et se concentra sur la recherche de son téléphone, puis se rappela qu'il l'avait laissé dans son jean. Qui était dans la chambre.

Ses yeux se levèrent au ciel avant qu'il ne puisse les arrêter. Plutôt que d'essayer de réprimer le doute sur son visage, il se contenta de se volatiliser jusque dans l'autre pièce pour trouver son jean.

Ses yeux bleus écarquillés, Clara eut un petit cri lorsqu'il arriva.

— Quoi ? demanda-t-il en se penchant pour récupérer son pantalon jeté par terre.

— Tes ailes ! s'exclama-t-elle.

Il haussa un sourcil – une autre contrariété faciale qu'il choisit d'ignorer, mais qu'il avait absolument remarquée – puis il réalisa qu'il était toujours dans son état éthéré.

— Oh, je vois.

Ne les avait-elle pas remarquées la nuit dernière quand il l'avait emmenée dans le ciel ? Peut-être qu'il avait fait trop sombre pour qu'elle puisse les voir. Avec les nuages qui couvraient le clair de lune, la couleur de ses plumes les aurait rendues quasiment invisibles. Mais elles se voyaient désormais sous le faible éclairage de la pièce.

Elle posa la tablette et s'approcha de lui. Il tenait son jean entre eux comme un bouclier, sa main agrippée au téléphone dans la poche. Elle s'arrêta devant lui.

— Je peux... les toucher ?

On ne lui avait jamais demandé ça.

Ce n'était pas quelque chose qu'un Séraphin aurait même songé à faire.

Mais comme il avait brisé à peu près toutes les barrières avec cette femme, il ne voyait pas de mal à lui permettre d'en faire voler une autre en éclats.

— Oui...

GABRIEL

Le regard bleu de Clara brillait d'excitation lorsqu'elle passa son doigt sur le bord de ses plumes rouges. Une émotion ardente l'entourait, la chaleur le baignant dans une sorte de lueur étrange qui lui réchauffait la poitrine.

Le bonheur, songea-t-il.

La fierté, le corrigea-t-elle. *Mais elle est souvent liée au bonheur.*

— Comment fais-tu la différence ? demanda-t-il à voix haute.

— L'expérience, murmura-t-elle, ses doigts caressant alors son aile. Tu apprendras.

L'expression de Clara devint presque rêveuse, provoquant une légèreté dans l'air.

— Et que ressens-tu maintenant ?

— Du contentement, chuchota-t-elle. Mais aussi de la sécurité.

Ses yeux bleus rencontrèrent les siens.

— Tes ailes sont magnifiques, Gabriel.

— Tu les as vues hier soir.

— J'étais trop perdue dans les sensations pour les remarquer. Ce n'est pas tous les jours qu'un ange m'emmène dans les nuages pour une douzaine d'orgasmes.

Elle laissa retomber sa main et ses plumes se contractèrent en réponse, irritées par la perte de sa chaleur.

— Tu m'as détruit, petite sorcière.

— Je ne suis pas une sorcière.

— Tu l'es pour moi.

Il laissa tomber son jean, mais garda son téléphone dans une main, puis se servit de l'autre pour attraper sa nuque et l'attirer à lui.

— Apparemment, tu es ma petite sorcière.

— Alors tu es mon ange gardien.

Elle avait prétendu cela plusieurs fois. Ça ne le dérangeait pas.

— Ma mère appartient à la lignée des Messagers, donc je suppose que c'est approprié.

— La lignée des Messagers ?

— Oui. Je suis issu de la lignée des Messagers et de celle des Guerriers.

— Je ne vois pas ce que ça veut dire, admit-elle.

Cela ne le surprit pas, vu son manque de connaissances générales au sujet de son espèce. Leur existence était un secret bien gardé, même vis-à-vis des autres immortels.

— Je vais devoir t'expliquer la société des Séraphins, décida-t-il à voix haute.

— Tout comme j'aurai besoin de t'apprendre les émotions, rétorqua-t-elle.

Ses lèvres faillirent se retrousser à nouveau, mais il les en empêcha.

— Un arrangement pratique. J'accepte.

Les yeux de Clara se mirent à briller.

— J'ai hâte d'en savoir plus.

— Tu pourrais le regretter lorsque j'aurai commencé le cours.

Malheureusement, comprendre ce monde serait nécessaire à sa survie.

À moins que le Conseil ait choisi de l'exterminer.

Cette idée fit froncer ses sourcils. *Peuvent-ils la tuer ?* se demanda-t-il. *Est-elle susceptible de mourir dans cet état intermédiaire ?*

Les liens du sang étaient si rares qu'il n'en était pas certain.

Sethios et sa mère n'étaient pas de bons exemples quant aux stades de développement, puisqu'ils possédaient déjà tous deux des gènes de Séraphin.

Mais ce n'était pas le cas de Clara.

Cela affaiblissait-il son immortalité ?

La lueur dans son regard s'éteignit alors qu'elle suivait le fil de ses pensées.

Qui peut me tuer ? demanda-t-elle.

Le Conseil supérieur des Séraphins.

Son visage perdit toute couleur.

Pourquoi voudraient-ils me tuer ?

Parce que nous sommes liés, répondit-il. *Mon espèce te considère comme une abomination. Le fait de me lier à toi est un crime pour les Séraphins.*

Vont-ils te tuer aussi ?

Je ne peux pas être tué, répondit-il. *Mais ils peuvent essayer de m'enlever mes ailes.*

Une punition dont il avait récemment découvert l'existence chez son espèce. Ils l'avaient infligée à Skye et envisageraient probablement de la lui faire subir aussi après tout ce qu'il avait commis ces dernières années.

Bien sûr, il leur faudrait d'abord l'attraper.

Et il ne faciliterait la tâche à aucun d'eux.

Clara agrippa sa chemise.

— Je pourrais mourir... à cause de ça ?

Elle dégageait une nouvelle émotion. Il n'avait pas encore goûté à celle-ci.

La crainte, reconnut-il.

Les yeux de Clara s'écarquillèrent tandis que ses jointures devenaient blanches.

— Il est possible qu'ils ordonnent ta mort, oui, répondit-il sans détour.

Elle se mit à trembler. Il la rattrapa avec son bras lorsque ses genoux se dérobèrent sous elle et le coin de ses lèvres tomba en constatant sa terreur.

Ce n'était pas une réaction utile.

Il n'aimait pas cela non plus.

Il la guida vers le lit et l'aida à s'asseoir, puis posa son téléphone sur la table de nuit.

— Clara ?

Son regard était alors perdu dans le vide et sa peau était bien trop pâle.

— Clara ? essaya-t-il encore.

Pas de réponse.

Elle restait assise là, les doigts croisés, les yeux fixés dans le vague. Mais les pensées se débattaient dans son esprit. Il en captait certaines régulièrement alors qu'elles se bousculaient dans sa tête.

Certaines d'entre elles étaient furieuses. D'autres étaient terrifiées. Et d'autres encore résignées.

L'une d'elles s'attarda sur le regret, mais l'écarta rapidement au profit de la résignation. Elle préférait l'expérience qu'ils avaient partagée à sa propre vie, un fait qui alarmait Gabriel, car cela n'avait aucun sens logique.

— Comment peux-tu penser ça ? demanda-t-il. On se connaît à peine. Ta vie vaut sûrement plus que notre lien.

— Vraiment ? demanda-t-elle, le regard toujours vague. Sais-tu pourquoi j'ai été transformée ?

— Non.

Il savait seulement que c'était Aidan qui l'avait créée. Il n'avait jamais demandé pourquoi, dans la mesure où cela n'était pas pertinent.

— Pour Issac, dit-elle en laissant échapper un petit rire et en secouant la tête. Aidan m'a transformée pour m'offrir à un autre homme. Il ne m'a jamais demandé la permission. Il a juste supposé que je voulais devenir immortelle et m'a offerte comme un présent glorificateur. La seule raison pour laquelle je ne l'ai pas détesté, c'est que je pouvais sentir ce qu'il y avait derrière tout ça : de l'amour.

Gabriel l'examina.

— Est-ce que tu compares ça à notre situation où tu as été transformée en Séraphin sans permission ? demanda-t-il, ne comprenant pas bien la raison de son histoire.

— Non. J'essaie d'expliquer pourquoi je trouve de la valeur à cette expérience : parce que je l'ai plus ou moins choisie.

Cette façon de penser n'avait pas de sens.

— Tu m'as mordu sans comprendre les conséquences.

— C'est vrai, mais je pense que je le referais même si j'étais au courant.

Les yeux de Gabriel s'écarquillèrent.

— Tu choisirais d'être liée à un Séraphin que tu connais à peine ?

— Si ça implique de ressentir une connexion avec quelqu'un, même pour cinq minutes de ma vie, alors oui.

— Je... je ne suis pas sûr de te suivre. Tu veux dire que tu n'as aucune connexion ?

Cela semblait illogique. Aidan l'avait créée. Cela n'était-il pas équivalent à un lien ?

— Quel âge as-tu, Gabriel ? demanda-t-elle.

— Près de soixante ans, répondit-il lentement, incertain de la raison pour laquelle elle changeait de sujet, mais aussi désormais curieux de mieux la connaître. Et toi ?

— Quatre-vingt-treize ans, dit-elle. Ma famille est morte de la grippe quand j'avais sept ans. J'étais l'unique survivante et j'ai grandi dans un orphelinat à Vancouver. J'ai donc appris à rester seule à un très jeune âge. Je n'avais que dix-neuf ans quand j'ai rencontré Aidan. Il m'a trouvée dans la rue, un endroit où finissaient beaucoup de filles dans ma situation, et m'a transformée quelques jours plus tard.

— Ce qui a institué un lien avec ton créateur, traduisit Gabriel.

— En quelque sorte, oui. Mais tu vois, j'ai toujours eu un don pour lire les émotions. Quand je suis devenue ichorienne, ce talent a évolué en une aptitude surnaturelle. Et du coup, j'ai toujours été en phase avec les émotions de ceux qui m'entouraient. Je pouvais voir leurs liens familiaux, mais aucun d'entre eux n'en a créé avec moi.

Elle décrivait une existence plutôt solitaire, mais quand même, elle avait un lien avant lui.

— Je suis sûre qu'Aidan tenait à toi d'une certaine façon.

— Oh, oui, répondit-elle. Mais il ne m'a jamais aimée. Pas plus qu'Anya ou Nadia. Ou Issac. Ou Tristan. Ou même B ou Luc. D'une certaine manière, nous sommes une famille, mais pas de la façon qui compte, ce qui est devenu judicieusement évident quand ils ont tous si facilement cru que j'étais coupable. Comme je te l'ai dit, ce sont les actes qui importent pour moi. Pas les mots.

— Je ne t'aime pas, dit-il, sentant le besoin de clarifier cela. Notre lien s'est fait par le sang, non pas par le cœur.

— Je sais.

— Pourtant, tu le choisirais quand même ? demanda-t-il, incapable de comprendre sa logique. Pourquoi ?

— Parce que c'est une connexion que je peux ressentir, dit-elle doucement. Et je me suis toujours demandé ce que ça ferait de vivre ça.

Son sourire devint affligé.

— Je ne m'attends pas à ce que tu comprennes, Gabriel. Je sais qu'il n'y a pas d'amour entre nous – je le sens aussi – mais j'ai été seule pendant si longtemps que j'accepterais à peu près n'importe quoi à ce stade.

— C'est un raisonnement très triste, lui fit-il remarquer. Tu n'as même pas vécu un siècle et on vient de se lier l'un à l'autre pour l'éternité.

— Une éternité dont tu viens de dire qu'elle pourrait ne pas arriver à cause de ton Conseil.

Elle attrapa la tablette.

— Comme je l'ai dit, même si c'est temporaire et que ça s'est fait par accident, cela valait la peine pour moi de ressentir un semblant d'appartenance.

Elle lui tendit l'appareil.

— Peux-tu la déverrouiller pour que je puisse finir la commande ?

Il fit glisser son doigt sur l'écran.

— Le Conseil ou ta mort potentielle, ça ne te préoccupe pas du tout ?

— M'en inquiéter ne fera que gaspiller une vie précieuse, répondit-elle en reportant son attention sur la tablette pour poursuivre sa commande. Et j'ai appris il y a longtemps à ne pas pleurer les situations sur lesquelles je n'ai aucun contrôle.

Là, elle se montrait... plutôt pratique.

Le reste, cependant, le déconcertait.

Elle préférait se lier à lui plutôt que de vivre seule.

Une décision bizarre dont il pensait qu'elle la regretterait une fois le choc passé. Sauf qu'il ne ressentait pas la surprise de sa part, juste une chaleur satisfaite alors qu'elle faisait défiler la liste des courses.

Alors, peut-être qu'elle était brisée après tout.

Ou juste sévèrement endommagée.

— Si le Conseil décide de nous punir, j'ai l'intention de me battre, lui dit-il.

— OK.

— Te battras-tu aussi ou les laisseras-tu te prendre ?

Elle détourna ses grands yeux bleus de l'écran pour le regarder.

— L'empathie n'est pas très utile au combat.

Elle ne peut être utilisée que pour déterminer les véritables intentions de quelqu'un, pour t'offrir une chance d'agir de manière préventive plutôt que réactive.

Une évaluation juste. Mais...

— Ça ne répond pas à ma question.

— Si, dit-elle en retournant à la tablette. Les empathes ne se battent pas.

— Alors tu vas les laisser te capturer ?

— Je ne leur permettrai pas de faire quoi que ce soit, Gabriel.

Elle tapa quelque chose sur l'écran et le lui montra.

— Prêt pour le paiement.

Il s'en chargea rapidement, puis posa la tablette sur la table de nuit, à côté de son téléphone.

— Soit tu te battras, soit tu seras prise.

— Ou je me cacherai, répondit-elle. Mais comme je l'ai dit, je ne m'inquiète pas pour quelque chose que je ne peux pas changer. Quand l'avenir me tombera dessus, je l'affronterai et je survivrai ou non.

Une autre affirmation rationnelle.

Alors peut-être n'était-elle pas brisée, juste... insouciante ?

Pourtant, elle avait d'abord été choquée. Comment s'en était-elle remise aussi vite ?

— En réalisant qu'il n'y a rien que je puisse faire pour changer ça, répondit-elle doucement. Je ne suis pas brisée, Gabriel. J'essaie juste de ne pas m'inquiéter de ce que je ne peux pas maîtriser. Est-ce vraiment si difficile à comprendre ?

— Oui, répondit-il. Tout ce que tu as dit au cours de la dernière demi-heure est difficile à assimiler. Je ne comprends pas ton raisonnement.

— Toutes les décisions ne nécessitent pas la logique. Certaines sont prises avec le cœur, dit-elle en appuyant sa paume contre son torse. Considère ça comme ta première leçon.

— Les émotions n'interviennent pas dans les décisions des Séraphins, répliqua-t-il. Considère aussi ça comme ta première leçon.

Les lèvres de Clara se retroussèrent en un sourire séduisant.

— Tu marques un point.

Plutôt que de répondre, il récupéra son téléphone et nota les messages manqués d'Ezekiel et de Vera.

— Le bébé de Lizzie est arrivé, lut-il à Clara. Et le Conseil sait où elle se trouve, mais la maison est protégée.

C'était une chose à laquelle il s'attendait.

— Heureusement pour nous, ça signifie qu'ils ont ordonné aux Devins de se concentrer sur Lizzie et non sur notre lien.

Une bonne indication que leur nouvelle connexion n'avait pas été remarquée. Ou, dans le cas contraire, cela n'était pas une priorité.

Le fait qu'Ezekiel n'en parle pas suggérait aussi que Skye ne l'avait pas vue.

— Les Devins ? répéta Clara. Et merci pour les nouvelles de Lizzie. Ils vont bien ?

— Oui, d'après ce que dit Ezekiel, ils vont bien. Et les Devins sont une lignée de Séraphins qui peuvent voir le futur. Le Conseil les utilise pour guider ses édits. Donc, s'ils n'ont pas prévu notre lien, alors ça ne crée aucune conséquence digne d'être notée. Du moins pas encore. Du coup, le Conseil n'en a probablement pas été informé.

Il reposa son téléphone.

— C'est ta seconde leçon.

Elle hocha la tête, puis se mit à genoux, ses seins se balançant avec le mouvement. La nudité ne la dérangeait clairement pas. Et ce trait n'était pas du tout pour déplaire à Gabriel.

— Alors je te dois une deuxième leçon, dit-elle.

Les sourcils de Gabriel faillirent se hausser, mais il leur refusa cette possibilité. Encore une fois.

— Je t'écoute.

Les yeux de Clara se mirent à sourire, faisant sortir l'enchanteresse en elle pour jouer.

— Des actes, pas des mots.

— Oui, j'ai déjà entendu cette leçon.

— Non, je veux dire que je préfère enseigner avec des actes, pas avec des mots.

Elle attrapa son caleçon et passa son doigt dans la ceinture pour le tirer vers le lit.

Oh...

— Tu veux me sucer maintenant ? demanda-t-il.

— Allonge-toi et tu verras bien.

Ouais, elle n'avait pas besoin de le lui dire deux fois. Les courses n'arriveraient pas avant quarante minutes et ils n'avaient rien d'autre à faire. Enfin, à part aller chez Ezekiel. C'était ce que le dernier message avait demandé, mais les autres pouvaient attendre un peu.

La satisfaction avant la logique.

Une nouvelle leçon, en effet.

CLARA

Clara regardait Gabriel avaler la première bouchée de son bœuf Stroganoff, mais comme d'habitude, son expression ne laissait rien transparaître.

Cependant, elle sentit sa satisfaction à travers leur connexion. Ou plutôt, leur *lien*, comme il avait appelé cela.

Elle le ressentait ancré en elle, la rattachant à son existence à lui. Pour une raison quelconque, elle se sentait en sécurité, et non terrifiée ou piégée.

Il avait peut-être raison de dire qu'elle était légèrement brisée. Elle avait enduré beaucoup de choses au cours de sa vie et avait récemment perdu la seule personne avec qui elle avait une véritable connexion, son créateur.

Même si Aidan et elle ne s'étaient jamais aimés, ils avaient pris soin l'un de l'autre, comme une famille. Cependant, elle avait toujours été la dernière de sa liste.

Ça ne faisait rien.

Elle avait l'habitude d'être la dernière.

Sauf qu'elle n'avait pas prévu que cela exploserait de cette façon avec les Hydraiens.

Elle chassa la douleur et se concentra sur Gabriel qui portait de nouveau sa fourchette à ses lèvres.

Il était torse nu à table, seulement vêtu d'un caleçon, les cheveux encore humides de la douche qu'il avait prise pendant qu'elle cuisinait. Puis il s'était volatilisé jusqu'ici, prêt à manger, dès qu'elle avait retiré la casserole de la cuisinière.

Ses cuisses picotaient encore suite aux deux orgasmes qu'il lui avait fait subir après qu'elle s'était jetée sur lui. Apparemment, son ange gardien aimait le sexe oral.

Elle se demandait ce qu'il penserait d'autres activités comme... *le sexe anal.*

Il laissa retomber sa fourchette et la regarda.

— On essaie ça ensuite ?

— C'est la leçon numéro trois ? rétorqua-t-elle.

Il y réfléchit, le visage toujours aussi sérieux.

— Oui.

Puis il se remit à manger comme s'ils n'avaient pas juste parlé de la prendre par-derrière.

Cet homme était une énigme. Rien ne le décontenançait, mais il s'était pourtant attendu à ce qu'elle réagisse à la nouvelle de sa mort potentielle.

Oui, au début, ça l'avait déstabilisée. Tout comme le lien. Mais une fois qu'elle s'était résignée à ne pas pouvoir contrôler le tout, cela allait.

Et une petite partie d'elle faisait confiance à Gabriel pour la garder en sécurité. Non pas qu'elle le dirait à voix haute. Surtout parce qu'elle se doutait qu'il le nierait.

— C'est convenable, dit-il après avoir terminé plus de la moitié de son assiette.

Elle sourit et commença son propre plat, consciente que *convenable* valait probablement comme un compliment de sa part. Ils travailleraient là-dessus.

En fait, ils auraient à travailler sur beaucoup de choses. Maintenant qu'ils étaient liés.

La chaleur se répandit dans ses veines à cette idée, l'ancre invisible en elle l'enracinant d'une manière qu'elle n'aurait jamais cru possible. Elle avait passé sa vie entière à être le second ou troisième choix de tout le monde. Et même si elle savait que Gabriel ne l'aimerait jamais, elle sentait sa loyauté persister dans leur connexion.

Il ne verrait jamais personne d'autre.

Et elle non plus.

Voilà un engagement rapide qui pourrait poser un léger problème !

— Comment vais-je me nourrir ? lui demanda-t-elle après avoir avalé une savoureuse bouchée de viande. Pour le sang, j'entends.

— Si tu en as envie, tu peux prendre le mien.

— Cela suffira-t-il à me faire vivre ?

Elle se sentait rajeunie et vivante après avoir absorbé son essence la nuit dernière, mais elle n'était pas sûre de savoir combien de temps cela durerait.

Il la dévisagea un instant, puis une lueur de compréhension illumina son regard vert.

— Tu n'as plus besoin de sang humain. Les Séraphins ne dépendent pas de l'essence des autres pour survivre. C'est juste une conséquence de ta résurrection.

Il continua avec une leçon sur Osiris et la façon dont il avait créé tous les Ichoriens et Hydraiens par son sang, en tant que Séraphin de la Résurrection.

Clara en avait entendu parler par les Anciens après la guérison miraculeuse de Stas, mais elle n'avait pas réalisé l'ampleur de leurs propos. Personne ne lui avait jamais vraiment dit quoi que ce soit, elle avait juste rassemblé des bribes en écoutant les autres discuter. C'était le résultat de son pouvoir sans défense. Ou elle pensait que c'était peut-être la raison pour laquelle elle était souvent négligée. Quoi qu'il en soit, elle appréciait le fait que Gabriel la mette au courant.

— Donc, maintenant que nous sommes liés, je vais devenir un Séraphin à part entière, dit-elle, déjà consciente de cette possibilité pour avoir entendu les pensées de Gabriel plus tôt.

Mais le dire à voix haute le rendait plus crédible.

— Je le crois, oui. Issac, qui n'a aucun gène

séraphique en lui, a déjà montré des signes de sa croissance éthérée. J'imagine que ça t'arrivera aussi, à commencer par ton besoin décroissant de sang humain.

— Ce qui veut dire que tu seras la seule source dont j'aurai besoin.

— Tu n'auras même pas besoin du mien, répondit-il. Mais ça ne me dérange pas si tu me mords encore.

Ses yeux verts scintillaient d'une chaleur subtile, juste assez pour réchauffer les traits froids de son visage et permettre à Clara d'entrevoir le mâle viril sous son apparence stoïque.

Elle pouvait également sentir son intérêt croissant pour cette perspective. Si elle avait regardé plus bas, elle aurait aussi pu voir la manifestation de cet intérêt. Mais au lieu de cela, elle soutint son regard et sourit.

— J'accepte cette invitation. Et merci pour la leçon.

Les lèvres de Gabriel tressaillirent vraiment devant son insolence. Puis il les pinça et s'attela à finir son repas.

Ils mangèrent dans un silence plaisant jusqu'à ce que son téléphone commence à sonner dans l'autre pièce. Il soupira et s'éloigna de la table en se volatilisant, ses plumes rouges apparaissant dans un magnifique tourbillon avant de disparaître en un clin d'œil.

Elle attrapa l'une des plumes qu'il avait laissées

derrière lui et s'émerveilla de sa texture douce. Cela lui rappelait la soie, mais l'électricité bourdonnait sur les bords.

Il revint avec le téléphone à l'oreille.

— Oui.

C'est tout ce qu'il dit tandis qu'une voix masculine conversait à l'autre bout du fil. Elle ne pouvait déchiffrer les mots, mais reconnut la voix grave d'Ezekiel.

— J'avais d'autres obligations.

Elle haussa un sourcil en entendant son ton neutre.

— Mon emploi du temps m'appartient, dit-il, la mâchoire légèrement serrée.

Pourtant, sa voix resta impassible lorsqu'il ajouta :

— J'arriverai quand j'en aurai envie.

Puis il mit fin à l'appel et jeta le téléphone sur la table.

Elle posa sa plume à côté, puis entreprit de débarrasser leurs assiettes.

— Je vais juste nettoyer ça.

Il garda le silence derrière elle pendant qu'elle lavait la vaisselle. Mais quand elle se retourna, elle le surprit en train de fixer son derrière. Ses lèvres se retroussèrent et il lui lança un regard sans remords.

— Je préfère encore te baiser plutôt que d'aller en Islande.

Sa voix manquait toujours d'émotion, mais ses

narines se dilatèrent avec cette déclaration, et son aura rayonnait d'intentions sexuelles. Cependant, un soupçon de frustration se cachait derrière tout cela. La notion du sexe passant avant le devoir le dérangeait.

— Qu'y a-t-il en Islande ? demanda-t-elle en supposant que c'était lié à Ezekiel d'une manière ou d'une autre.

Il n'avait pas l'habitude de lui débiter des propos futiles, donc l'Islande avait manifestement une certaine importance.

— Ezekiel et Skye ont une maison là-bas. Ils attendent l'arrivée de Lizzie et des autres sous peu et ils ont besoin de moi pour aider à protéger la propriété.

Clara haussa les sourcils.

— Alors pourquoi es-tu encore là ? C'est plus important que... euh... de me regarder faire la vaisselle.

Ouais, ce n'était pas du tout ce qu'elle voulait dire, mais elle avait assez rougi au cours des dernières vingt-quatre heures.

Le franc-parler de Gabriel était différent de tout ce qu'elle avait connu. Elle aimait ce changement de rythme parce qu'il ne laissait rien au hasard. Il pensait ce qu'il disait, ce que ses actes continuaient à prouver.

— Veux-tu venir avec moi ? demanda-t-il.

Elle fut surprise par l'inquiétude qui émanait de lui.

Il se passa la main sur la nuque en grimaçant un peu.

— Je préférerais également t'avoir à mes côtés, plutôt que de te laisser dans une cellule hydraienne.

— Moi aussi, admit-elle, la voix plus rauque que ce qu'elle aurait aimé. Que va-t-on dire aux autres ?

— Rien, répondit-il avec un haussement d'épaules. Ce qui se passe entre nous n'a aucune incidence sur eux.

— Ils vont demander pourquoi je suis avec toi et pas à Hydria.

— Et je leur dirai que je n'aimais pas ton logement, alors je t'ai sortie de la cellule. S'ils ont un problème avec ça, ils n'ont qu'à me défier et ils perdront.

Il avait l'air si confiant dans son évaluation.

— Luc ne va pas aimer ça.

— Luc n'est pas mon roi, répondit Gabriel. Viens avec moi.

Ce n'était plus une question, cette fois, mais une exigence qui fit se retrousser les lèvres de Clara. Elle aimait bien ce Gabriel autoritaire. Cela lui donnait un côté sexy qui ajoutait à son charme général. Du moins pour elle. Une bonne chose, vu qu'ils étaient désormais liés l'un à l'autre pour toujours.

Elle ne ferait plus jamais l'amour avec quelqu'un d'autre.

Une prise de conscience étrange, mais qui ne la dérangeait pas. Son sens de l'empathie rendait difficile le fait de coucher avec les autres de toute façon. Elle devait toujours ignorer les raisons profondes de leur présence.

Avec Gabriel, c'était du désir pur.

Elle pouvait gérer ça.

Tout comme cela ne la dérangeait pas de l'accompagner maintenant.

— Il va me falloir quelque chose d'un peu plus chaud pour l'Islande.

Il hocha la tête et disparut dans un tourbillon de plumes rouges. Cela la fit glousser et elle se remit à nettoyer la cuisine. Il était toujours absent lorsqu'elle eut fini, alors elle alla prendre une douche bien nécessaire et utilisa le peu de produits dont il disposait. Elle trouva ensuite un peigne dans un tiroir pour démêler ses cheveux, puis s'enveloppa dans une serviette et s'assit sur son lit.

Une demi-heure plus tard, il réapparut enfin avec quatre sacs de shopping. Il les laissa tomber sur le sol, le visage brouillé par la mauvaise humeur.

— Il y a trop de tailles pour les femmes.

C'est tout ce qu'il dit avant de se rendre à sa propre armoire.

Elle se mordit la lèvre pour s'empêcher de sourire de la remarque mécontente, puis passa en revue les vêtements qu'il avait apparemment achetés pour elle.

Des jeans.

Des pulls.

Des bottes.

Même une veste.

Par contre, pas de sous-vêtements.

Soit il l'avait fait exprès, soit il n'avait même pas essayé de passer par le rayon lingerie. Quoi qu'il en soit, elle fit en sorte que ça aille en enfilant un jean moulant, des bottes qui n'étaient qu'une demi-taille trop grande et un pull qui collait à sa poitrine sans soutien-gorge, ce qu'il remarqua à la seconde où il sortit la tête de son placard.

— Ça va m'empêcher de me concentrer, marmonna-t-il.

— Je n'ai pas de soutien-gorge, répondit-elle.

Il étudia ses seins pendant un instant, puis haussa les épaules.

— Cette distraction-là me va bien.

Elle rit.

— Je parie que oui.

— Ce sera aussi plus facile de te déshabiller plus tard. Une notion pratique.

— Très pratique, convint-elle.

Il hocha la tête, apaisé par son acquiescement.

— Nous partons pour l'Islande tout de suite.

Elle passa ses doigts dans ses cheveux humides et tendit la main.

— Je suis prête.

Il se volatilisa d'abord jusqu'à l'autre pièce, probablement pour récupérer son téléphone, puis réapparut juste devant elle, son torse contre sa poitrine, écrasant sa main entre eux. Elle leva les yeux vers lui avec surprise, puis eut un sursaut lorsque sa bouche captura la sienne dans un long baiser sensuel.

— Tu es très attirante, petite sorcière, chuchota-t-il.

— Tout comme toi, ange gardien.

Il appuya son front contre le sien.

— Je pourrais avoir besoin de ton aide pour faire le tri dans les émotions des autres. J'ai eu du mal dans le magasin avec tous les humains autour.

— L'astuce consiste à se concentrer sur les émotions d'une seule personne et à permettre à celle-ci de prendre le pas sur les autres. Je trouve généralement la personne la plus heureuse de la pièce et je me concentre sur son aura.

— Alors je vais me concentrer sur toi.

Elle fronça les sourcils.

— Je suis rarement la plus heureuse.

— Je n'aime pas les gens heureux, répondit-il. Mais je... je te trouve satisfaisante.

— Nous allons devoir travailler sur tes compliments, Gabriel.

— Je ne fais pas de compliments.

— Oui, ça paraît clair.

Il hocha la tête.

— Bien.

Elle secoua juste la sienne, amusée par son franc-parler. Ses lèvres effleurèrent les siennes une fois de plus, puis elle passa ses bras autour de lui.

— Allons-y.

Il lui rendit son étreinte et ses ailes s'animèrent

autour d'eux, juste avant que le monde ne tourbillonne dans un kaléidoscope de couleurs. Elle ferma les yeux, le vertige lui donnant la nausée. Puis l'odeur fraîche du café chatouilla ses narines.

— Je suppose que c'était ta précédente obligation ? dit Ezekiel de sa voix profonde qui laissait entrevoir une touche de complicité.

Gabriel la libéra avec un grognement, puis disparut, l'abandonnant au milieu d'une pièce contenant un canapé et deux fauteuils. Derrière les fenêtres, la nuit était noire et la lune rayonnait sur des monticules de neige.

L'Islande, pensa-t-elle. *Ça sonne juste.*

— Bonjour, Clara.

Une voix douce retentit alors qu'une femme aux cheveux noirs descendait les escaliers.

—Je m'appelle Skye.

Son regard bleu clair manquait d'une certaine netteté, comme si elle ne l'utilisait pas vraiment pour voir.

— Bonjour, la salua Clara qui connaissait vaguement cette femme.

Elle avait entendu parler de sa capacité à voir l'avenir. Mais aux dernières nouvelles, pour Clara, Osiris la détenait toujours. Cela avait dû changer. À moins que Gabriel ne l'ait abandonnée au beau milieu de la fosse aux lions.

Skye est libérée de sa contrainte, chuchota son ange gardien dans son esprit. *Ezekiel est amoureux d'elle. Elle ne ressent pas la même chose.*

En es-tu sûr ? demanda Clara en remarquant la chaleur qui entourait Skye. *Elle dégage sans aucun doute des ondes amoureuses.*

Tu m'expliqueras ça plus en détail à mon retour.

Et où es-tu ?

Je crée des runes.

Je vois.

Elle n'avait aucune idée de ce que cela signifiait, mais elle supposa que c'était lié aux protections qu'il avait mentionnées plus tôt.

— Tu n'es pas censée te trouver dans une prison hydraïenne ? demanda Ezekiel en glissant ses mains dans les poches de sa veste en cuir.

— Je ne les ai pas trahis auprès d'Osiris, répondit Clara. Et Luc sait où je suis.

Ou plutôt, il l'avait su quand elle était à New York. Elle n'en était plus aussi certaine avec son emplacement actuel.

— Gabriel, répéta Ezekiel et ses lèvres se retroussèrent. Vous semblez plutôt à l'aise ensemble.

Elle prit exemple sur Gabriel et haussa une épaule.

— Il a absorbé un peu de mon sang pour emprunter mon empathie.

— Oh ? réagit Ezekiel en relevant un sourcil. Et qu'a-t-il emprunté d'autre ?

Elle haussa à nouveau les épaules.

— Tu devras lui poser la question.

— Hmm.

Ses yeux noirs tachetés d'or se promenèrent sur elle.

— Je vais attendre de voir où ça mène.

— De voir où ça mène ? demanda une voix familière dans l'embrasure de la porte, au moment où Balthazar entrait accompagné par une blonde.

Il écarquilla les yeux en découvrant Clara dans le salon.

— Qu'est-ce que tu fais ici ?

— C'est Stark qui l'a amenée, répondit Ezekiel. Et il a disparu pour travailler sur les protections. Ou peut-être avait-il d'autres *obligations*.

Clara l'ignora et essaya de faire le vide dans son esprit. Non pas que ça ait marché. Un regard à B et elle sut qu'il pouvait voir à travers elle. *S'il te plaît, ne le fais pas.*

— Pourquoi Stark l'a-t-il amenée ici ? demanda-t-il, son regard chocolat posé sur elle, mais la question était adressée à Ezekiel.

— Il n'a pas donné d'explication, dit l'assassin.

— Il le fait rarement, ajouta la femme à côté de B.

Un autre Séraphin, songea Clara, notant le manque d'émotions autour d'elle. Pourtant, elle dégageait un certain sex-appeal avec son épaisse chevelure blonde, sa peau pâle et ses jolis yeux bleu-vert. Tout ce qu'elle avait à faire, c'était de battre des cils et la moitié des hommes du monde s'agenouillerait à ses pieds.

Elle regarda B, puis la femme, puis à nouveau B.

En voilà une paire dangereuse ! L'énergie sexuelle qui se dégageait d'eux était puissante et enivrante.

Pourtant, ça n'affectait pas du tout Clara.

Bizarre, vu sa capacité à sentir de telles choses.

Gabriel, réalisa-t-elle. *C'est mon lien avec Gabriel.*

Les sourcils de Balthazar se haussèrent et les yeux de Clara s'écarquillèrent.

Oh, non ! S'il te plaît, ne dis rien.

À propos de quoi ? demanda Gabriel.

Pas toi. B. Je suis sûre qu'il est au courant, en lisant mes pensées ou mes émotions.

Intérieurement, elle secoua la tête et essaya de parler à nouveau à Balthazar, le suppliant de ne pas la trahir.

Il se pourrait qu'il ne soit pas capable de t'entendre clairement, l'informa Gabriel. *Il ne peut pas comprendre Stas et Issac quand ils se parlent mentalement. Mais il le sentira certainement.*

Je croyais qu'il pouvait tout entendre ?

Tu es liée à un Séraphin désormais. Considère ça comme un avantage.

Un avantage ? répéta-t-elle en y réfléchissant. *Alors, il ne peut plus lire dans mes pensées ?*

En quelque sorte, répondit-il vaguement. *Ne lui dis rien. J'ai exprimé mon irritation à l'égard d'Issac pour s'être lié à Stas et je préférerais qu'on ne me renvoie pas mes propres paroles.*

Attends, tu es contre les liens ?

Elle n'était pas sûre de ce qu'elle ressentait à ce sujet.

Ils sont sacrés et lient les deux êtres pour l'éternité. C'est un engagement plutôt important.

Euh... Mais notre lien semblait t'aller.

Ses actes avaient également suggéré son acceptation. À moins qu'il ait changé d'avis depuis ?

Ça me va, Clara. Ça ne veut pas dire que les autres seront d'accord.

Ses paroles l'apaisèrent un peu, mais ils furent interrompus par B qui se raclait la gorge.

— Luc sait que tu es là ?

— Gabriel a dit qu'il était au courant, oui.

As-tu dit à Luc que je suis en Islande avec toi ?

Non, confirma Gabriel. *Ezekiel l'informera s'il le juge important. Je suppose qu'il lui a aussi dit que tu étais à New York.*

Je croyais que tu avais prévenu Luc ?

J'ai prévenu Ezekiel, rectifia-t-il. *Il a transmis le message à Luc, tout comme il m'a renvoyé la réponse de Luc.*

Qui disait ?

En résumé, il n'approuvait pas, répondit Gabriel, sur un ton neutre.

Tu as omis de mentionner ça.

Comme il n'a pas d'autorité sur moi, je n'ai pas jugé utile de le faire.

Elle eut un soupir.

D'accord, mais je ne veux pas le mettre en colère.

Ce n'est pas contre toi qu'il était en colère, petite sorcière, lui assura-t-il. *Et je ne crains pas le roi d'Hydria. Tu es liée à moi désormais. Il ne peut pas te toucher.*

Elle frissonna en entendant la possessivité de son ton, puis se figea sous le regard acéré de Balthazar.

Oui, B est effectivement au courant.

Ce n'est pas à lui de partager ça avec les autres, répondit Gabriel, sa voix suggérant une absence d'inquiétude. *Et s'il le fait, on les ignorera tous. Ce sont nos affaires, Clara. Seulement les nôtres.*

OK, lui murmura-t-elle en réponse. *Seulement les nôtres.*

La femme échangea un regard avec B, puis dit :

— Je vais voir Gabriel au sujet des protections, ensuite je reviendrai pour Jay et Liz.

Un nuage de plumes violettes époustouflantes apparut autour d'elle, faisant écarquiller encore plus les yeux de Clara.

Oh ouah, elle a des ailes magnifiques.

Toi aussi, un jour, Clara, répondit doucement Gabriel. *J'ai hâte de les voir dans mon lit.*

Les joues de Clara s'échauffèrent à l'intimité de ces mots.

Tu n'es pas censé te concentrer sur les protections ?

J'excelle à faire plusieurs choses à la fois.

L'arrogance dans sa voix mentale lui ressemblait bien.

Oui, c'est vrai, convint-elle.

— Qu'avez-vous dit d'autre à Luc ? demanda B, ramenant l'attention de Clara sur lui et son regard entendu.

— Euh...

Elle s'éclaircit la voix.

— Je... euh, je ne sais pas.

— Je vois.

B sortit son téléphone et composa un numéro, son regard ne quittant pas celui de Clara.

— As-tu eu des nouvelles de Stark récemment ?

Il attendit, écoutant le roi d'Hydria répondre – ou du moins, elle supposait que c'était lui qu'il avait appelé.

— Donc Mateo a vu ça.

Balthazar hocha la tête en réaction à la réponse de Luc.

— Tu arrives ici bientôt ?

Le baryton profond gronda sur la ligne, ce qui amena B à hocher la tête une fois de plus.

— À tout à l'heure.

Il raccrocha, les yeux toujours rivés sur Clara.

Puis il reporta son attention sur Ezekiel et Skye.

— Il faut qu'on parle.

Elle prit ça comme une indication qu'elle était tirée d'affaire. Pour l'instant, en tout cas.

— Vous avez tous un constant besoin de parler, dit Ezekiel en s'écroulant sur le canapé.

Skye s'installa à ses côtés, son regard bleu toujours dans le vague.

— Osiris, répondit B. Plus précisément, son histoire avec le Conseil. Et ce que sont ses intentions actuelles.

— Tu imagines que je le sais ? demanda Ezekiel en haussant un sourcil noir jusqu'à sa chevelure tout aussi noire.

— Je sais que oui, répondit B en croisant les bras. Crache le morceau.

Ezekiel sourit simplement.

— Eh bien, il était une fois...

La série *La malédiction des immortels* continue avec *Des liens dangereux*.

Continuez le voyage avec Balthazar et Leela dans *Des liens dangereux*...

Bienvenue dans l'univers de La malédiction des immortels *où les anges et les vampires existent en secret... pour le moment.*

Une liaison passionnée d'une chaleur torride.

Oubliée et enterrée.

Parce que ce qui se passe au Brésil reste au Brésil.

C'était l'idée, en tout cas. Jusqu'à ce que Balthazar commence à se souvenir de tout. Il force alors Leela à payer le prix ultime en la faisant *supplier*.

Chaque contact sexy enflamme l'âme de cette dernière.

Chaque regard de braise lui fait serrer les cuisses. Et pire, elle ne peut lui échapper.

Ils fuient une horde d'anges guerriers pour préserver un innocent d'un destin pire que la mort.

Le Conseil supérieur des Séraphins a émis un édit.

Il faut obéir ou mourir.

Seuls les fidèles survivront.

L'auteure à succès d'*USA Today* Lexi C. Foss est une écrivaine perdue dans le monde de l'informatique. Elle vit à Chapel Hill, en Caroline du Nord, avec son mari et leurs enfants à fourrure. Quand elle n'écrit pas, elle est occupée à cocher des cases sur sa liste de voyages à faire. On peut retrouver beaucoup des endroits qu'elle a visités dans ses écrits, notamment le monde mythique d'Hydria, inspiré d'Hydra, dans les îles grecques. Elle est excentrique, boit beaucoup trop de café et adore nager. Tchao !

https://www.lexicfoss.com/Français

Pour être au courant des dernières nouvelles et connaître les dates de publication, abonnez-vous à ma newsletter:

https://www.lexicfoss.com/la-newsletter-de-lexi

Livres de l'Auteure Lexi C. Foss

Alliance de Sang

Désire-moi - Nyx/Vesperus

L'Esclave du Vampire

Le Vampire Royal

La Triade de l'Alpha

Le Vampire Rebelle

Le Roi Vampire

Le Vampire Cruel

Faë de Lucifer

La Captive des Faë de Lucifer

Le Directeur des Faë de Lucifer

La Malédiction des Immortels

Les Lois du Sang

Des Liens Interdits

Cœur de Sang

Les Liens du Sang

Les Liens des Anges

Chercheur de sang

Le poids du sang

Des liens dangereux

Le Roi de Sang

La Reine des Éléments

Livre Un

Livre Deux

Livre Trois

la Nouvelle Génération

La Reine des Faë de l'Hiver

La Reine des Faë de l'Hiver

La Reine des Faë de Minuit

Livre Un

Livre Deux

Livre Trois

Livre Quatre

Le Conte de Faë d'Ella - Un préquel

Les Anges Déchus

Le Commencement

La Princesse Bannie

Le Roi de la Prison

Le prince Noir

Les Loups du X-Clan

X-Clan : Origines

La Promise de l'Alpha

La Compagne de l'Alpha

Le Trône de l'Alpha

La Revanche de l'Alpha

Les Loups du V-Clan

Le Secteur Sanglant

Le Secteur de la Nuit

Hors série

L'île du Massacre